後宮の黒猫金庫番

岡達英茉

富士見L文庫

目次

Koukyu no Kuroneko Kinkoban

大雅《たいが》国の後宮には、伝説となった女官吏がいた。

「黒猫金庫番」と呼ばれ、妃嬪《ひひん》から恐れられた蔡月花《さいげっか》である。

月花は後宮に彗星《すいせい》のごとく現れると、身分や地位に臆することなくその無駄遣いに切り込んだ。

彼女がこよなく愛したことわざは「一銭を笑う者は、一銭に泣く」であった。

華奢《きゃしゃ》で小さな体に黒い衣を纏《まと》い、怪しい金銭の流れに薄い琥珀《こはく》色の目を光らせるその姿は、まるで黒猫のようだったという。

第一章　戸部尚書は、没落令嬢に求婚する

夕焼け色の空の下で、今日最後の客に深々と頭を下げる。

「お買い上げ、ありがとうございました！」

客の後ろ姿が視界に入らなくなるまで、店先で見送る。

再び頭を上げると、笑いがこみ上げてくるのを止められない。この後はお待ちかねの、私が一日の中で最も好きな時間が待っているのだ。

店内に戻ると早速腕まくりをして、店じまいを始める。

我が家に代々受け継がれてきた『蔡《さい》織物店』と彫られた看板に両腕を回し、店内に引っ張り込もうとすると、私を手伝おうと初老の番頭が駆けつけてくれた。一緒に「よっこらしょ」と年寄りくさい掛け声を上げながら、重たい看板を持ち上げる。

店内の片づけをしているのは、蔡家の跡継ぎにして私の弟の康輝《こうき》だ。十八歳にしてはかなり頼りないところがあるが、生地を素早く畳むのだけは上手《うま》い。

看板を床に下ろすと、二人に声をかける。

「二人とも、お疲れ様！　今日もたくさんお客様がいらしてくれて、本当に良かったわ」

弟が満足げな溜《た》め息をつきながら、大きく頷《うなず》く。

「姉さんが店長になってから、本当に売り上げが伸びたね」

店台を拭き始めた番頭が、相槌《あいづち》を打つ。

「このままいけば、二号店を出すのも夢ではありません。目抜き通りの外れにあるせいで、ずっと赤字続きだったのが嘘《うそ》のようです。店の経営が軌道に乗ったのは、ひとえに店長のお陰です」

「あまり持ち上げないで〜。まだまだだよ。蔡織物店は、これからもっと繁盛させなくちゃ！」

と言いつつも、褒められて悪い気はしない。

番頭は本日の売り上げを詰めた布袋を、お決まりのようにドサリと私に手渡した。重さがズシッと腰に響く。この重みがたまらない。

お金がたっぷり入った布袋を両腕にしっかり抱えると、豪快に振る。ジャラジャラ、ジャラン……。

「ああ、今日も良《い》い音がしてる！　この涼やかで軽やかな、金属質の響き！」

銭。お金。——それは幸福を約束してくれる、この世で最も確かなもの。

銭の奏でる美しい響きを聴くのは、一日の稼ぎを確認できる至福の瞬間だ。

手提げ灯籠に火を灯《とも》しながら、番頭がやや呆《あき》れた声を上げる。

「売り上げ鳴らしは毎日の恒例行事ですな。店長は、本当に銭の音がお好きですねぇ」

布袋に頬擦りしながら、にやりと笑ってみせる。

「私は銭の音じゃなくて、銭そのものが好きなのよ」

「姉さ～ん。灯籠で目が金色に輝いて、説得力があり過ぎだよ！」

番頭の後ろで、弟が苦笑する。

私の目は珍しいことに、薄い琥珀色をしていた。そのため、強い明かりや直射日光に照らされると、金色に見えてしまうのだ。巷《ちまた》の人は金瞳《きんどう》を怖がるが、店の皆は慣れっこになっていた。

「キランと光るこの目は、守銭奴・蔡月花《げっか》にまさにぴったりでしょう？」

「店長は守銭奴などではありません。銭集めがご趣味なだけでございますよ」

「番頭さん、言い換えてくれて優しい！　でも、正直違いがよく分からないわ……」

素直に私がそう言うと、二人は声を立てて笑った。

無人になった静かな店を後にして、心地よく疲れた足を進め、家路につく。

数多《あまた》の店が軒を連ねる通り沿いには、軒先に提灯《ちょうちん》がぶら下げられており、闇に包まれていく都にぼんやりと赤い光が浮かぶ。ここ白理《はくり》は「一生に、一度は訪ねて見るべき都」と呼ばれ、その大きさと繁栄ぶりで周辺国にも広く名を知られていた。北に聳《そび》えるのが大きな宮城と皇城で、その南に瑠璃瓦が累々と煌《きら》めく街並みが碁盤の目状に広がる。

大雅《たいが》国は遠く文明の異なる西の国々とも交易があった。その物資は都まで運び込まれ、国一番の繁華街である桃下《とうか》通りを歩けば、舶来品の数々を目にすることができた。

賑《にぎ》やかな桃下通りを歩いて織物店から帰宅すると、丁度日没を迎えた。

ただいま、と呟《つぶや》きながら我が家の門を見上げる。

「——いつ見ても、立派な門だわ」

「蔡府《さいふ》」と刻まれた大きな扁額《へんがく》がかかった瓦葺《かわらぶ》きの屋根付きの門は、幅も広く大変立派で通りからも目立つ。この門を見れば、この向こう側にはどれほどの威容を誇る屋敷が立っているのか、と誰もが期待に胸膨らませるに違いない。

が、残念ながら門の向こうにある我が家は、崩れないのが奇跡なほど貧相な、藁《わら》葺き屋根の小さな小屋だった。

仕方がない。代々切り売りした結果、これしか土地が残らなかったのだから。

大雅国の皇帝が住む宮城にほど近いこの辺りは高級な邸宅街であるため、周囲に立つのは大きな屋敷ばかりなので、狭小住宅の我が家は悪目立ちした。

家の中に入ると、いつもは買いつけで帰りが遅い父が珍しく先に帰宅していた。玄関から入ってすぐの居間にいた父は私の帰宅に気づくなり、自分が座っている向かいの席を勧めた。なぜか満面の笑みだ。

「待っていたよ、月花。お帰り。康輝はまた彼女のところか？　丁度いい。さぁ、ここに座んなさい。わしがお茶を淹《い》れてあげるからね」

父はめったにないことに、新品の袍《ほう》を着ていた。襟元で織り方が変えられており、さらに袖口に幾重にも唐草模様の刺繡《ししゅう》が施されていて、なかなかの代物だ。

「お父様――そ、その袍、どうしたの？　なんだか高そうに見えるけど……」

尋ねながら向かいに腰掛けるが、父はそれを不自然にも無視をして話を続けた。

「お前も、もう二十歳だ。そろそろ、将来のことを考えないといけない」

はっと身構える。これはもしや、例の話題だろうか。

幼少期から折に触れて繰り返し言われてきたのは、私が生まれた時からの父の悲願「娘を皇后にすること」だった。

蔡家は歴史ある名家だ。

蔡家の先祖は大雅国建国に多大なる功績を残した、初代皇帝の一の忠臣だった。我が家を含めて当時建国を助けた三つの家は、現在まで貴族として連綿と続いており、巷では三大名家と呼ばれる。

（何が悲しいって、我が家の三代目以降の当主には、経営の才覚が皆無だったことよ！）

蔡家が先祖から代々受け継いだのは宝石店や宿屋、賭博場など数えきれなかった。だが、子孫達は次々と財産を食い潰し、私の父が当主となった頃には既に織物店経営だけが我が家に残された商売——最後の砦《とりで》となっていた。

我が家は私財をなげうって店に投資し、一家全員で店頭に立った。あまりに空腹な時は水を飲むと腹が膨らんで空腹が紛れる、ということを学んだのはこの頃だ。

こうして織物店の経営に親子で全精力を傾けた結果、店は徐々に繁盛するようになった。私が店長になってからは安定していて、最近は少しずつ、店員も増やしている。

悲しいかな今や三大名家であることを忘れかけているような我が家だったが、帝国黎明《れいめい》期は他家を圧倒する勢いで、皇城に仕える高級官吏や皇后を輩出していたらしい。

「だから、お前が生まれた時、わしは天に感謝したんだよ。こんなに別嬪《べっぴん》さんなのだから、将来は妃嬪どころか皇后様になるのも夢じゃない、とね」というのが父の口癖だった。

宮城では三年に一度、若き皇帝の後宮に侍《はべ》らせる若い女性を選ぶため、「秀女選抜」なるものが行われていた。容姿ばかりでなく、ある程度の芸を必要とされ、最終的には皇帝が気に入った女性を選ぶのだという。

そしてたとえ落ちぶれようとも、「腐っても蔡家」は最古の貴族であり、毎度飽きずに宮城から打診が来るのだった。

（お父様ったら、きっとまた秀女選抜の話をするつもりね？）

長い溜め息を吐きながら、父に言う。

「もしかしてまたあの話？　秀女選抜のことなら、いつも断ってるでしょう。私、妃嬪になる気はないの。お母様が女官時代に後宮でどんなに苦労したか、知っているでしょう？」

若い頃に女官をしていた母からは、後宮がいかに恐ろしい場所かを散々聞かされていたし、金持ちの集う世界には行きたくない。お金は好きだが、金持ちは苦手だ。

こちらから切り出すと、父は私の前に置いた器に茶を注ぎながら、言った。

「違う違う、秀女選抜の話じゃないんだ。良いお話だから、茶でも飲んで聞きなさい」

何度抽出したのか分からない出涸《が》らしの茶葉を使っているせいで、茶はほとんど透明に近かった。世間ではこれを白湯《さゆ》と呼ぶのかもしれないが、我が家では色がわずかでもついている限り、それは「茶」だった。

意識を嗅覚に集中させ、ほぼしない香りを懸命に楽しみながら、茶を口に含む。

「良い話って？　あっ、もしかして織物店に投資してくれる富豪が現れたの？」

「違う違う。仕事のことは一旦忘れよう。――実はね、お前に縁談があるんだ」

「えんだん？」

「そう。家業を盛り返した、やり手でしっかり者のお前の噂《うわさ》を聞きつけたらしくてね。蔡家出身の芯のある令嬢をぜひ妻に、という方が現れたんだよ。いや〜、実に見る目のある男もいたもんだ。何せお前は唯一の娘だからね。この三大名家の」

「うちなんて、名前ばかりが大きいのに……」

痛いところを突っ込まれたのか、父は「門だって大きいぞ」と反論した後で、咳払《せきばら》いをしてからにっこりと笑った。

じっと私を覗《のぞ》き込みながら、思わせぶりな口調で言う。

「お相手はなんと！　この大雅国の戸部《こぶ》で最も偉いお方――戸部尚書《しょうしょ》の柏偉光《はくいこう》様だ。どうだ、凄《すご》いだろう？　身にあまる……いや、あまりはしないが、光栄なことだ！」

そこへ、母がやってきて私の茶を注《つ》ぎ足す。こちらも満面の笑みだ。

「お相手の柏尚書様はね、あの有名な柏衛将軍のお孫さんなんですって！」

予想を超える大物の人物名に、思わず絶句する。

柏衛将軍は既に他界しているが、大雅国の英雄と呼ばれ、絶大な人気がある人物だ。

「そんな人が、何を血迷って私に縁談を申し込んだのかしら？」

「柏衛将軍は元々寒門の出だけれど、武功を立てて一代で新興貴族として巨万の富を築いたでしょう？　だから、腐っても三大名家のうちと繋《つな》がりたいんじゃないかしら」

「腐っても、は余計だよ……」

父はムッとしたようだが、母は自分の発表内容に満足して何度もこくこくと頷いていた。

「でも戸部尚書って、次は宰相職になるような高級官吏でしょ？　そんな高齢の男性との結婚は、いくらなんでも私、ちょっと……」

「違うんだ、月花。安心してくれ。柏尚書はまだ二十六歳と、お若いんだ。お前とは六歳しか変わらない」

国の行政機関である三省六部に勤めるには、官吏登用試験である科挙《かきょ》を受けなければならない。科挙は三度に亘《わた》る試験なのだが凄《すさ》まじい倍率で、子どもの頃から勉強に打ち込まないと合格できないという。畢竟《ひっきょう》、科挙の合格者というのは、恵まれた環境で育った、富豪の子息であることが多い。

「若くして出世頭の新進気鋭のお坊《ぼ》っちゃまっていうことよね。私とは合わなそうだし、清々《すがすが》しいほど共通点がなさそう……」

きっと自分で破れた衫《さん》を繕うことも、部屋の掃除をしたこともないのではないか。

「そんなことはない。十分お互いに相応《ふさわ》しい相手だと思うぞ。それに、そろそろわしを安心させてくれ。呑気《のんき》でちょっとボーッとしたところのあるあの康輝ですら、姉が一生独り身になるんじゃないかと、近頃は真剣に心配しているんだぞ」

父は両手を合わせ、拝むように私を見た。たしかに既に行き遅れている感は否めない年齢ではある。今夜だって弟は、恋人と食事に出かけている。けれど、折角やり甲斐《がい》が出始めている織物店の経営に、今はまだしばらく集中したい。

私の心の動きを読んだのか、今度は母が食い下がる。

「今まで来た縁談の中で、一番良《い》い話じゃないの。逃す手はないわ。だいたい会いもせずに毎回断っていたら、そのうち縁談が来なくなってしまうわよ。康輝だって、姉より先に結婚はしにくいと悩んでるのよ」

そこまで言われてしまうと、反論のしようがない。仕方ない。

「会うだけよ。どんな人か、見てくるだけなら……」

「会ってくれるか！　良かった、新しい袍を奮発してきた甲斐《かい》があったよ。柏尚書に貧乏だと思われたら敵《かな》わないからね」

父はどうやら戸部尚書に会うために、見栄《みえ》を張ってわざわざ着る物を新調してきたらしい。せめて私の答えを聞いてからにしてほしかった。

迎えた初めてのお見合いの日。よく晴れた麗《うら》らかな昼下がりに、私と父は待ち合わせた食堂に向かった。

春特有の温《ぬる》い風に飛ばされて、時折衣に小さな羽虫が止まってしまう。潰さないように羽だけをそっと摘《つま》み、払い落とす。折角最近新調したものの中では、一番上等な襦裙《じゅくん》を着てきたのだ。綺麗《きれい》に保ちたい。

日頃は動きの妨げになるので使わない披帛《ひはく》まで今日は羽織ってきている。薄く透き通る披帛は動くたび腕の周りで柔らかく靡《なび》き、身に着けているだけで不思議と気持ちがなよなよとお淑《しと》やかになる気がする。

桃下通りに面した食堂の前に到着すると、父は胸を張り大きく深呼吸をした。

「準備はいいか？　ボロを出さず、名家のご令嬢らしく、頼むぞ！」

父は縁談を成功させるために、蔡家と私の実情を必死に隠そうとしていた。呆《あき》れながらも、父に背中をグイグイ押されて食堂に入っていく。

店内に入ると、醬油《しょうゆ》や肉の良い香りに包まれた。天井の梁《はり》からは灯籠が吊《つ》るされ、ちょうど食事時だからか席は客でほぼ埋まっていて、とても賑《にぎ》やかだ。

店の奥の方では、大きな肉の塊が天井からたくさんぶら下げられており、綺麗な飴《あめ》色に焼かれたその艶々と輝く色が食欲をそそる。

久しぶりの贅沢《ぜいたく》な外食に密《ひそ》かに心躍らせつつ、店員の案内で奥へと進む。

前を歩く父も緊張しているのか、頭上の寂しい髪の毛をさっきから何度も手櫛《てぐし》で整えている。

「お連れ様は、こちらの個室でお待ちです」

こなれた愛想笑いを浮かべる店員が透かし彫りのされた木の扉を開くと、茶器と干菓子が並べられた円卓に一人の男が座っていた。

（こ、この人が、柏尚書……？）

聞いていた年齢より随分年上に見える。何より、ぽっちゃりと小太りで背も低く、なんというか世間で英雄と言われるような将軍の孫には見えない。

でも、人は良さそうだ。垂れ目が平和そうで優しい雰囲気があるし、予想外にこざっぱりとした装いで、密かに安心する。

正直なところ、第一印象は悪くない。

目が合うなり男は破顔一笑し、すぐに立ち上がって私の近くに歩いてきた。笑顔もとても素敵だ。自然とこちらも口元が綻《ほころ》ぶ。

「お待ちしておりました！　初めまして、蔡家のお嬢様」

「蔡月花と申します。初めまして、柏尚書様」

するど男は首に埋もれた丸い顔を、ふるふると横に振った。

「私は、偉光の母方の叔父でね。あの子は両親をもう亡くしているもので。――あそこにいるのが、偉光だよ」

指し示すようにさっと伸ばされた手の先をたどると、その場にもう一人先客がいたことに初めて気がついた。

個室の左手奥の窓側に、背の高い男が立ち、こちらを見つめているではないか。

窓辺からこちらにゆっくりと自信あふれる足取りで歩いてくるのは、切れ長の眼光鋭い、端整な顔立ちの若い男だった。

純白の衫の上に羽織った濃紺色の半臂《はんぴ》には、白い糸で凄まじく細かな刺繡《ししゅう》が施されており、その途方もない作業を想像するだけで頭がクラクラしてしまう。腰帯から下がる飾りの玉環《ぎょっかん》も、いかにも高価そうな翡翠《ひすい》で、もし落としたらと想像するだけで気絶しそうだ。

あまりにも貴族然とした煌《きら》びやかな見た目に、束《つか》の間言葉を失う。ああ、これが貴族というものか。背後に無数の宝石が散っているのが見えるよう。

背の低い私の正面に立たれると、見上げるほど柏尚書の顔が高い位置にあるので、ほとんど仰《の》け反《ぞ》る格好になってしまう。経済格差のみならず、身長差まで半端ない。

柏尚書は花が綻ぶように微笑《ほほえ》んだ。

「お会いできてとても嬉《うれ》しいです。柏家の偉光と申します」

私も負けじと、懸命に愛想に満ちた笑顔を作る。

「蔡月花です。こちらこそ、お会いできて光栄です」

私の隣に立った父は、柏尚書に向かってペコペコと頭を下げた。

「お待たせして申し訳ありません！」

直後、扉が開くと何やら大皿料理を手にした店員が入ってきた。人数が揃《そろ》い次第配膳するよう、既に注文をしてあったのだろう。

柏尚書の叔父は、和やかに父に答えた。

「いいえ、とんでもない。美味《おい》しそうな料理が、早速運ばれてきましたな。それでは、席につきましょうか」

四人で椅子に腰掛け簡単な挨拶が済むと、柏尚書が控えめな笑みを披露しつつ、私と父に言った。

「この家鴨《あひる》料理は美味しいですよ。他店に比べて、驚くほど臭みがなくて。でも一番のお勧めは、杏仁豆腐《あんにんどうふ》です」

すると柏尚書の叔父がとっておきの秘密を暴露するかのように、悪戯《いたずら》っぽく目を輝かせて言い足した。

「杏仁豆腐は偉光の大好物でしてね。子どもの頃は、なんと毎日屋敷の料理人に作らせていたそうで」

柏尚書が照れ臭そうに苦笑するので、「分かります、子どもは菓子が好きですからね」と愛想笑いを浮かべて相槌《あいづち》をうつ。すると柏尚書は私に水を向けた。

「月花さんはどんな菓子がお好きでしたか？」

柏家の二人が興味深そうに見つめてくるので、意気込んで詳細を話す。

「子どもの頃はよくおやつを手作りしました。水にごく少量の小麦粉を混ぜて、油を熱した鉄鍋の上に薄〜く引いて焼くんですよ。醤油を一滴垂らして、味をつけて。弟と舌を火傷《やけど》しながら、取り合って食べました」

柏家の面々は、パチパチと目を瞬《まばた》いている。どうやら想像が難しいようだ。父を盗み見ると、二人の様子にオロオロしている。

「なんて言いますか、料理のコゲをわざと作るみたいなものです。香ばしくて、腹持ちが意外と良いんですよ」

「ええと、こ——コゲですか。コゲを、間食に」

柏尚書はなんとなく分かってくれたように頷《うなず》いたが、目が泳いでいる。蔡家手作りの間食が貧相過ぎたのかもしれない。彼の手抜かりのない微笑に、この日初めて動揺が走る。

焦りで噴き出たのか、額の汗を父が手巾で拭う。

やや妙な空気になったせいか、柏尚書がそつのない微笑を浮かべ直し、話題を変える。

「子どもの頃といえば、鷺《さぎ》の卵を拾って育てたことがあります」

「あら、鷺だなんて珍しい。私は庭先で鶏を育てていました」

ようやく一致する会話が見つかったとばかりに、私達は安堵《あんど》の表情で社交的な微笑みを交わした。互いの気が合った初めての瞬間だ。

「鷺には、白一《はくいち》という名をつけていたんですよ」

「まぁ、名前をつけていらしたんですね」

我が家は食べるために鶏を飼育していたが、柏尚書は純粋に愛玩目的で飼っていたのだろう。ほぼ同時に互いにそのことに気がつき、はっと目を見開いた後、これ以上この話題では恐らく盛り上がりようがないことを察知し、そっと目を逸《そ》らしてしばし食事に集中する。

何やら先程から、会話が嚙《か》み合《あ》わない。互いの知識や環境が違い過ぎて。

そこで父が唯一の自慢である蔡家の歴史の話をすると、柏尚書は興味を持ったのか、熱心に聞いてくれた。建国に寄与した初代のことを「まさに我が国の英雄です」と何度も絶賛しながら。

こうしてどうにか会話を繫《つな》いでいる間にも、料理は次々と運ばれてきた。

三枚肉と卵の煮付けや、海月《くらげ》の和《あ》え物《もの》。湯《タン》には生姜《しょうが》とクコの実が浮かび、ぶつ切りにした家鴨肉が沈んでいる。湯そのものは澄んでいるが、とんでもなく深いこくがあった。

どうやら沈んでいる家鴨肉は、出汁《だし》を取るためだけに入れられているらしく、柏家の二人は汁しか飲もうとしない。

なんて勿体《もったい》ない……。煮込まれてお肉が柔らかくなっていて、きっと美味しいのに。後は捨てられるだけだなんて、資源の無駄遣いだ。輝かしい美貌を無駄に披露して汁物を匙《さじ》で運んでいる、柏尚書の口に骨付き肉を押し込んでやりたい。

隣に座る父を見ると、同じく汁物に沈む憐《あわ》れな家鴨を物欲しげに見つめている。間違いなく、私と同じことを考えている。

食事が済み、あとは茶菓子を頂くだけになると、私の父と柏尚書の叔父は席を外した。若い者だけで、この後は交流を深めさせようという趣旨のようだ。

茶のお供に出されたのは、赤くてゴツゴツとした丸い果物だった。おそらく茘枝《ライチ》というやつだ。南方の国で採れる果物で、大雅国まで運んでくるだけで、とんでもなく輸送費がかかる高級品だ。もちろん、食べたことはない。

食べ方が分からず、こっそり柏尚書を盗み見る。柏尚書は指で器用にするすると茘枝の皮を剝《む》くと、白い果肉を口に放り込んだ。見様見真似《みようみまね》で私も同じく、食べてみる。

口内いっぱいに果汁が溢《あふ》れる。甘くて美味しいが、予想外なことに中心部に固い種がある。平静を装いつつも、はてどうしたものかと心中は盛大に焦る。

柏尚書は茘枝を食べ終えて、茶を飲み始めている。種を口から出した様子はない。

思い切ってえいやと口の中の種に歯を立ててみるが、文字通り歯が立たない。かといって今から吐き出すのも、はばかられる。悩んだ末に、私は飲み込むことにした。

「ゴホッ、うぐ……！」

種は私の華奢《きゃしゃ》な喉で一旦詰まったあと、ゴリゴリと痛みを残しながら奥へと沈んでいく。

「月花さん？　大丈夫ですか？」

「ええ、大丈夫です」

大丈夫じゃないどころか、正直暴れたいほど苦しくて涙が滲《にじ》むが、なんとか表情を押し殺し、上品ぶってやり過ごす。

「種が、ちょっと引っかかって。思ったより大きくて」

「種⁉　茘枝の種を飲んでしまったのですか？」

物凄《すご》く驚かれているみたいで、かえって恥ずかしさが倍増する。その上、柏尚書は茶を溢《こぼ》しそうな勢いで注《つ》ぎ足し、飲むよう私に勧める。

「えっと、柏尚書は種ごと召し上がらなかったので？」

「茘枝の種は、食べません。種がごく小さな品種もあるそうですが、一般には流通していません。――大変お苦しかったでしょう？」

どうやら柏尚書は皮を剝いている時に、種をささっと取り除いていたらしい。

茶を飲んでなんとか落ち着くと、あまりに恥ずかしいので、なんともない涼しい顔を装いながら、急いで話を別の方へ持っていく。

「柏尚書は博識でいらっしゃいますね。――科挙は一発合格されたと伺いました。あの難関試験をすんなり通るなんて、流石《さすが》です」

すると柏尚書は謙虚に小さく頭を振った。

「机に齧《かじ》り付いて勉学に励んだだけです。臥《が》薪嘗胆《しんしょうたん》が私の座右の銘でして」

「なるほど。腹が減ったら水を飲め、というやつですね」

「ははは。一文字も合っていませんが」

どうにもこうにもちぐはぐな食事会がお開きになる頃、私はこの縁談の破談を確信した。二回目のお誘いは、きっとない。多分、お互いそう思っている。

食堂から出ると、頃合いを見計らっていたのか、柏尚書には馬車のお迎えが来ていた。彼はすぐに乗りこもうとはせず、馬車の隣で私を不思議そうに見つめた。

「まさかとは思いますが、お一人で――蔡家のお嬢様が、歩いて帰るおつもりですか？」

「行きも徒歩でしたし、同じ都の中ですから。道がある限り、歩きますとも」

丁寧に頭を下げてから、背を向けて帰路につこうとすると、意外にも引き止められた。

「お待ちください。ご令嬢をお一人でお帰しするわけにはいきません。蔡家までお乗せしますから、月花さんもご一緒にどうぞ」

そう言うと、柏尚書は車体に取り付けられた布の垂れ幕をたくし上げた。

これが貴族のお坊《ぼ》っちゃまの流儀なのだろうか。慈悲に満ち溢れた穏やかな顔で、空いている左手を優雅に私に差し出している。

優しく私を待つ目の前の手を見ながら、一瞬の間に算段する。――期待している父には悪いけれど、開いた門の向こうのうちのボロ屋ぶりを見れば、蔡家の実情が分かって破談の決定打になるだろう。お互い後腐れなくスパッと縁が切れること、間違いなしか。

にっこりと微笑むと、柏尚書の手に手を重ねる。

「ありがとうございます。お言葉に甘えさせていただきます」

私達はお互い、この日何十回目か分からない愛想笑いを浮かべた。

馬車が動き出すと、実に居心地が悪かった。

狭く閉ざされた空間に二人きりというのは、何とも気まずい。蔡家まではたいした距離ではないのだが、人通りの多い道を通るために馬車の速度が遅いのだ。

柏尚書は心地悪さをおくびにも出さず、窓の景色をゆったりと眺めている。少し首を傾けた仕草が、なんとも優雅だ。——武功で有名な将軍の孫には、とても見えない。

柏衛将軍は、大雅国の英雄と呼ばれる。なぜなら、この国の歴史に残る悪女を処刑したからだ。

三十二年前。当時の皇帝には楊《よう》皇后という寵姫《ちょうき》がいた。楊皇后は贅沢《ぜいたく》の限りを尽くし、その一族郎党も甘い汁を吸っていたという。

楊一族の横暴は目に余り、やがて各地で不満が燻《くすぶ》るようになり、ついには楊一族に対する暴動が起きた。

皇帝は事態を鎮静化するため弟に皇位を譲り、新皇帝は楊皇后の処刑を命じた。その処刑を執行したのが、柏衛将軍だったのだ。

（私の目の前で車窓を眺めているお孫さんは、剣より筆を仕事に選んだのね……）

武人からは程遠い、柔らかな物腰の柏尚書を観察しつつも、特に会話がない。居心地の悪さにやたら何度も座り直して気を紛らわせていると、チャリンチャリン、と小さな金属音が聞こえた。

まさかと思いつつ腰から下げる巾着を確かめると、逆さまになって口が開いている。どうやら中の小銭が転がり出て、垂れ幕の下をくぐり道の上に落ちてしまったらしい。音からして、三枚ほど落ちたようだ。ゾッとする。

「大変！　小銭を落としたようです！」

思わず叫んでしまった。織物店で働く店員、一人一人の顔が思い浮かぶ。皆で懸命に働いて得た、大事なお金である。ご令嬢ぶってお高く止まっている場合ではない。

馬車の速度はとても遅い。まだそれほど落とした所から、離れていない。

垂れ幕を肘で押しのけ、素早く馬車から降りる。降り立った瞬間、体がぐらついたが踏ん張り、急いで路肩に向かう。

路肩に転がる石にぶつかって止まったのか、私の小銭は石のそばに三枚とも落ちていた。一枚ずつ、大事に拾い上げる。

この硬い感触——お金。生きる上で不可欠な、何より確かなもの。

「あぁ、良かった」

安堵に胸を押さえていると後ろから影が差し、しゃがんでいる私の大きさを超える影が上に被《かぶ》さる。

慌てて振り向くと、柏尚書が私の背後に立っていた。いつの間に、馬車を降りたのか。

柏尚書は不可解そうに眉根を寄せていた。片手を腰に当て、残る手を首の後ろにかけている。

「月花さんは、動く馬車から飛び降りるのが普通なのですか？」

狼狽《ろうばい》しているのか、声が微《かす》かに掠《かす》れている。素の私を見せ過ぎてしまったか。

（そもそもお父様の計画は、無茶なのよ。今だけ令嬢芝居をしても、そのうち必ず鍍金《めっき》が剝がれるし、先なんて見えているのに。――お淑《しと》やかなフリをしたって、無駄なのよ）

名家のご令嬢仮面なんて、もう脱いでしまいたい。

「驚かせてすみません。商品輸送の荷馬車からは、割と頻繁に飛び降りるんです」

「荷馬車……」

事実を話しだすと肩が軽くなったような気持ちになり、立ち上がって胸を張る。

「それに小銭が複数枚落ちる音でしたので。――ご覧下さい。三銭です！　三銭あれば、醬油《しょうゆ》がひと瓶買えます。醬油を取り戻せて、ひと安心です！」

開き直って三銭回収に歓喜する私に、柏尚書は困惑した様子で「それは、良かった……」と頷く。激しく瞬きをしながら、側頭部に手を当てている。そこへ畳みかける。

「隠していてごめんなさい。本当は私、ご令嬢からはかけ離れているんです。だって――私、お金が大好きなんです!!」

「は？」

柏尚書からあらゆる表情が消える。顔色は瞬時に失われ、黒い目は見開いて固まっている。

「うちは多分、柏尚書が思っているより遥《はる》かに貧乏です。一家で道端の雑草を拾って、雑炊にして食べたこともあります！　あ、たんぽぽって食べられるの知ってます？」

柏尚書の頬が引《ひ》き攣《つ》る。ついでに喉も引き攣ったのか、返事はない。

「あとドクダミもお茶になるんですよ。空き地に無限に生えるので、取り放題です！」

柏尚書が最早《もはや》、青ざめてきた。苦労知らずのお坊ちゃまには、刺激が強すぎたかもしれない。騙《だま》していたことも手伝い、少々いたたまれない。

「――本性を出してしまって、ごめんなさい。引いてしまいましたか」

「さ、蔡家は表舞台から遠ざかったとはいえ、由緒正しい名家では……。それに、月花さんは勤勉で努力家のお嬢様だと聞いていたのですが」

「わたくし蔡月花は、由緒正しい貧乏名家生まれの、ただの守銭奴です」

きっぱり言い切ると、柏尚書は「守銭奴？」と鸚鵡《おうむ》返しに呟《つぶや》いたきり絶句した。妙な勢いに乗って、見合い話を受けて以来ずっと疑問に思っていたことを聞いてみる。

「あの……柏尚書ならきっと縁談が引く手あまたでしたよね。いくら三大名家とはいえ、なぜ私などとお見合いを？」

柏尚書は言いにくそうに目を逸《そ》らした。少し硬い声で、語り出す。

「たしかに色々とお話を頂戴しました。何人かのご令嬢達とは、実際にお会いしましたよ」

ご令嬢達と会った後、どうなったのか。三銭を握りしめて黙って続きを待っていると、私の無言の疑問を感じ取ったのか、柏尚書は苦々しく笑った。

「お会いしたのは美人画から抜け出たような、完璧な方々ばかりでした。ですが不思議なことに心に残らず、どなたともう一度お会いしたいとは思わなかったのです」

なるほど、美人画と一緒に食事をするのは、つまらないかもしれない。そう思っていると、視線を上げた柏尚書と目が合う。

「月花さんは、今まで縁談を全て断ってきたと聞きました。だからこそ、お会いしてみたくなったのです」

「ご令嬢達とはかけ離れていて、驚かれたでしょう？」

「仰《おっしゃ》る通り、月花さんは聞いていた以上に……いや、予想の遥か斜め上を行って、個性的な方のようです。最初は気丈ながらも落ち着いた方だ、と思ったのですが」

そう言うなり、柏尚書は硬かった表情を一気に崩し、急に吹っ切れたように笑った。

「けれど、今の月花さんの方が、ずっといきいきされていますね。規格外のご令嬢ぶりに、一周回ってかえって興味が湧きました」

（えっ⁉　一周どう回ったの……？）

今度はこちらが固まってしまう。

柏尚書は笑いを収めると、私の繊細な絹織の靴をさっと一瞥《いちべつ》してから、和やかに提案した。

「規格外でも柏家の馬車には、乗れます。砂埃《すなぼこり》でお召し物が汚れる前に、乗りましょうか」

流石戸部尚書殿は、私を動かす理屈をこの短時間で心得たようだ。地面につきそうになっている披帛《ひはく》を腕に巻き直し、再び差し出された彼の手を取る。

家までの道中、柏尚書はちらちらと私を見つめてきた。珍妙な女過ぎて、観察対象にされてしまったのだろう。

柏尚書との出会いから数日間、私は気を取り直して仕事に打ち込んだ。

新しい素材の織物があると聞き、遠い州にある機織り工房を訪ね、西の国々から入ってきたという新しい糸で作った織物を見に行った。綿という、初めて見る素材の糸だ。

綿で織った生地は羊毛のように軽く、けれど絹のように薄く、亜麻のように柔らかな手触りを持っていてとても不思議だった。

これは次世代の素材として、確実に売れるだろう。思い切ってたくさん契約して、うちで販売を独占してもいいかもしれない。従業員のお給料増額を、実現できるかも。

増収計画に興奮醒《さ》めやらぬ中で帰宅すると、私は家に入るなり既視感に襲われた。

父が茶の準備をして、一張羅を着て私を居間で待っている。見たことのない衣だ。――いつ、どこで買ってきた。いくらしたのか。

父は私と目が合うなり、素早く笑った。

「待っていたよぉ、月花。実は、例の縁談のことなんだけどね。柏尚書はお前にとてもご興味を持たれたようなんだ。互いにもう少し理解を深めるために、またお前に会いたいと言ってきたんだよ。だからもう一度彼と食事に行くのはどうだろうか？」

「まさか……！　信じられない」

あんなに地を出したのに。完全に期待と逆の結果になっている。天下の戸部尚書殿の、女の趣味が分からない。

「向こうにとっても、良《い》い話なんだろうね。蔡家と柏家なら、家柄が釣り合うからね」

「お父様、冷静になって。全然釣り合っていないから……」

柏尚書は私を家まで送ってくれた時も、門に隠されていた我が家の真実を目の当たりにして、ギョッとしてしばらく固まっていた。彼は明らかに家の建物と門を交互に見ていた。

彼と私は我が家の門と家屋のごとく、釣り合いが取れない。

意外な展開に困っている私に、父が茶を注ぐ。長時間かけて抽出したのか、茶は出涸《でが》らしでも少し色がついていた。

「柏尚書は非の打ちどころのない、立派なお方だ。わしは、前向きにお応えすべきだと思うぞ。それに断ればまた新調したこの袍《ほう》が、無駄になってしまう。……八百銭もしたのに」

「八百銭!?　醤油瓶二百六十七本を、ドブに捨てたも同然じゃないの！」

呆《あき》れて語気を強めると、父は気まずそうに目を逸らし、咳払《せきばら》いをした。

「でもね、よく考えてごらん。これ以上のお相手はいないよ。だいたい、一体なんて言ってお断りするんだ？」

柏家のお坊ちゃまに屈辱を与えることなく穏便に断るには、どうしたらいいだろう。戸部を束ねるトップの矜持《きょうじ》を傷つけたくないし、無駄な喧嘩《けんか》は売りたくない。

蔡家は売り上げに応じて、国に売買税を払っているが、下手をすれば戸部がそこに難癖をつけて税を上乗せしてくるかもしれない。

明らかに機嫌が悪くなっている父を前に頭を捻《ひね》っていると、不意に一つの考えが思い浮かんだ。

何か、柏尚書と結婚ができない理由を作ればいい。

例えば、宮城に行くことになった。とか。

私は穏便に縁談を断るすばらしい方法を思いつき、父に言った。

「それなら――秀女選抜に出るのを理由に、お断りするのはどう？　丁度今年は選抜の年だし。私の年齢的にも、今年が最後の機会だからと言えば、説得力があるわ」

さすがに、縁談を進めながら秀女選抜に出るわけにはいかない。

思いつきで言ってみたのだが、父は突然差した光明でも見るかのように嬉々《きき》として表情を輝かせ、立ち上がった。

「なんとぉぉぉ！　やっと秀女選抜に出てくれる気になったか！　娘を妃嬪《ひひん》にするわしの長年の夢が、ついに叶《かな》う時が来たかっ！」

「そ、そうね。秀女選抜に、今年こそは出てみようかしら……」

どうせ、合格しないし。そう思いつつ、私は曖昧に笑って父の興奮をやり過ごした。

第二章　守銭奴は、後宮に誘われる

いざ宮城へと向かう朝。

家宝として受け継いできた上等の絹織の襦裙《じゅくん》を纏《まと》い、黄金の歩揺《ほよう》や簪《かんざし》を初めて髪に挿し、着飾った。

珍しいことに我が家の前には一台の馬車が止められていた。

銀糸や鈴のついた極めて実用性の乏しい靴は、長時間歩くのに適していない。今日は仕方なく馬車を借りたのだ。正直、汚したくないから一歩も歩きたくない……。

父は馬車をホクホク顔で見つめると、懐かしそうに呟いた。

「八年前も、呂《ろ》家のご令嬢がこうして着飾って宮城に向かって行ったな」

「そうだった？　私はあの時十二歳だったから、その時のことはウロ覚えだなぁ」

近所の豪邸に住む呂蘭玲《らんれい》は私より二つ歳上《としうえ》で、私のような「なんちゃって名家」とは違い、正真正銘の裕福な商家の令嬢だった。

子どもの頃に何度か遊んだことがあり、透き通る雪のような白い肌に、吸い込まれそうなほど愛らしい瞳を持つ、綺麗《きれい》な子だった。

深窓の令嬢として育ち、彼女も幼少期から将来皇后にと父に言われていたらしいが、私とは違ってそれを一笑に付すことなく、「たとえ、後宮の隅にひっそりと咲く花でしかなくても良いから、万民の父たる陛下にお仕えしたいの」と淑《しと》やかに言っていたという。どんな教育を受けたら、そんな台詞《せりふ》が捻り出せるのか。

蘭玲のような令嬢こそが、妃嬪に相応《ふさわ》しいのだろう。実際、今や彼女は後宮で淑妃《しゅくひ》という高位の妃嬪に上り詰め、皇帝の寵愛《ちょうあい》も日増しに深まるばかりらしい。

淑妃が四年前に念願の皇子を産んだ時は、呂家が近所にお祝いと称して盛大に粽《ちまき》を振舞った。初めて貰《もら》うフリをして、弟と三回も列に並んで粽を貰ったから、よく覚えている。

当時の粽の味を思い出し、私がごくりと生唾を嚥下《えんか》していると、父が両手をパンパンと叩《たた》いた。

父は門の前で拍手をしながら、「蔡府《さいふ》」の字を拝むように頭を何度も下げた。

「偉大なるご先祖様、どうかお願い致します。月花《げっか》が晴れて、妃嬪に選ばれますように」

そんな父をやや煙たげに見ているのが、母だった。母は私を妃嬪にすることには、ずっと反対していたのだ。

母はかつて、後宮で女官をしていたのだが、最初の配属先が不運なことに、楊《よう》皇后の宮だった。

勤務三日目のこと。母は掃除に使った水の入った桶《おけ》を誤って落とし、楊皇后の足元にかけてしまったのだ。ほんの数滴の水だったが、お気に入りの靴を濡《ぬ》らされた楊皇后は激怒した。その日のうちに母は最下級の女官に落とされ、後宮での長く悲惨な生活が始まった。

母の主な業務は、後宮の住人の排泄物《はいせつ》でいっぱいの、肥溜《こえだ》め桶を洗うことだったらしい。

母は以後、毎日肥溜めと向かい合って過ごした。年季が明けるまでの、十年間を。

母は心配そうな顔を向け、私の腕を優しく擦《さす》った。

「すぐに帰ってきなさいね。後宮は一見煌《きら》びやかだけれど、狭くて恐ろしい世界なのよ」

「わ、分かってる。すぐに帰ってくるから、平気よ」

母を安心させるため、笑顔を作って手を振って別れる。

選抜会場の殿舎は後宮の中にあり、集まったのは五十人ほどの令嬢達だった。既に容姿を基準とした第一選抜は城外で行われ、私は三倍の倍率とやらを通過してしまっていた。

(たぶん、三大名家の威力が無駄に働いたのね。こんないらないところで……)

今日の最終選抜では技能と器量両方に重きが置かれ、まず行われるのが技能試験だった。

案内してくれる女官を先頭に、二列になって玉砂利の間に敷かれた石畳の上を歩いていく。令嬢達が着ているひだの多い裙《くん》の、衣擦《きぬず》れの音がずっと聞こえている。

後宮は広大で、この中に都が入るかと思ってしまうほどだった。

（素焼きの龍ばかりか、金色の鳳凰《ほうおう》まで塀の上にあるじゃないの。本物の黄金かしら？）

塀沿いには低木が植えられ、鮮やかな赤色の花弁を幾重にもつけた牡丹《ぼたん》が満開に咲き乱れていた。春の風に揺られ、優しい甘い香りが漂う。牡丹の花言葉は「富貴」だということを、植えた人は知っていたのだろうか。まさに後宮に植えるにふさわしい花だ。

私以外の令嬢達は皆良家の出らしく、贅《ぜい》を尽くした衣装を纏っていた。中には巨大な真珠の載る髪飾りをつけた令嬢もいて、全身の衣装代だけで都に家が買えそうだった。家と同じ価値があるものを身に着けて歩いて、怖くないのだろうか。宮城という場所や秀女選抜という状況にも動じないのか、周囲の令嬢達にことあるごとに話しかけている。さながら「喋《しゃべ》る真珠」だ。

薄絹のような雲を通して、空からは暖かで少し強めの日光が降り注いでいた。

眩《まぶ》しさに目を眇《すが》めていると、周囲にいた令嬢達が私を見るなり、あっと声を上げた。

「嫌だ、あの子目が金色をしているわ……。金瞳《きんどう》だわ！」

袖を持ち上げて急いで自分の目の上にひさしを作るが、遅かった。大勢の令嬢達が既に私の目を目撃したようだった。

日が当たると透けて金色に見える私の目の色によほど驚いたのか、中には扇子を取り落とす者もいた。

「妖魔の目」と令嬢達の誰かが囁《ささや》いたが、敢《あ》えて聞こえていないふりをする。

昔から金瞳は妖魔の目の色だと言われ、不気味がられる。

初対面の人からは慣れた反応なのだが、名家の御令嬢からも同じことを言われるとは。

一部の令嬢達は、聞こえよがしに言った。

「嫌だわ、気味が悪い。皇帝陛下のおそばにいる資格は、ないんじゃないの」

「あの子、妃嬪には絶対に選ばれないわね」

落選は願ったりだが、目の色をとやかく言われるのは、流石《さすが》に気分が悪い。なるべく目を伏せて、見られないようにする。すると前方から一人の令嬢が駆け寄ってきて、私の腕を摑《つか》んだ。驚くことに、例の喋る真珠だ。私の目がそんなにも珍しいのか、口元を片手で可愛《かわい》らしく押さえているものの、気味悪げに避けるどころか、なかなか不躾《ぶしつけ》な勢いで顔を寄せ、目を見開いて覗《のぞ》き込んでくる。

「凄《すご》い色ね。あなたみたいな目の色の人、初めて見るわ。景色が金色に見えたりしないの？」

「いいえ。……あなたは景色が黒く見えますか？」

尋ね返すと、彼女は手を口から放し、破顔一笑した。

「いいえ、見えないわ。馬鹿なことを聞いて、ごめんなさい」

屈託なく笑う邪気のない笑顔に、一瞬意表を突かれた。おかしなことを聞かれたけれど、あまりに悪気がなかったので、嫌な気分はしなかった。

回廊を渡り選抜が行われる殿舎に向かう間も、彼女はあれこれと話しかけてきた。

「私、安愛琳《あんあいりん》よ。あなた、さっきから全然緊張なさってないご様子で、羨ましいわ」

もしや、三大名家の安家のご令嬢だろうか。驚いてまじまじと見入ってしまう。

目立つ容姿ではないが、スッキリと整っており、上に向かう目尻が彼女を気が強そうに見せている。私より五つは歳下《としした》に見える。

「私は蔡月花と申します。こう見えても凄く緊張していて、今にも口から心臓が飛び出しそうなんです」

少し戯《おど》けて見せると、愛琳はおかしそうに潑剌《はつらつ》と笑った。

「次は何をするのかしら？　私、お喋りだからこんなに長い時間黙っていられないのよ」

まだわずかな時間しか経《た》っていないのに。苦笑しつつ、答える。

「噂《うわさ》では選考で芸を披露する、と聞いています」

「琴かしら。それとも機織り……いいえ、歌という可能性もあるわね」

「私は歌だといいんですけど」

なぜなら私は、歌が絶望的に下手なので。歌えばきっと、耳を塞《ふさ》いだ女官達が私を殿舎から放り出してくれるに違いない。


私達が通された殿舎には、机と椅子がズラリと並べられていた。机上には答案用紙と思《おぼ》しき巻物と、筆が載っている。

「いやだわ、筆記試験だなんて……！」

愛琳は私にくっついてきて、志の低い私が率先して一番後ろに座ると、彼女も釣られてその隣に腰を下ろした。

そっと撫《な》でてみると、机上の巻物に貼られた料紙は触れれば摩擦を感じさせないくらい滑らかで上質なものだ。さすが後宮では、答案用紙にこんな高級品を使うのかと驚いてしまう。なんたる無駄遣い。

料紙に見入っていると、愛琳が扇子で私の腿《もも》を突き、小さな声で言った。

「見て、なんて綺麗な人かしら！」

顔を上げると私達の前に、数人の部下らしき者達を連れた、中性的に顔立ちが整った人物が登場した。黒色の袍《ほう》を纏い、同じ色の帽子を被《かぶ》っていて、首から小指の先程の丸い木の玉を連ねた長い首飾りをぶら下げている。これは宦官《かんがん》の装束である。

私も視線は前方に向けたまま、小さな声で愛琳に答える。

「きっと、宦官ですね。後宮に男性は入れませんし」

長いまつ毛に縁取られた大きな瞳は、ほれぼれするほど綺麗で、女装させたら妃嬪《ひひん》も真っ青になる天女のごとき美女になりそうだ。

「あんなに美しいなんて、反則だわ。試験に集中できないじゃないの」

愛琳の苦情など知る由もなく、美貌で皆の気を散らかしながら宦官は言った。

「私は内務府副総管の華令羽《かれいう》といいます。皆様には、春を題材にした作品を制作していただきます。絵でも、詩でも、なんでも結構です。陛下もご覧になりますので、お心を動かすような作品をぜひお願いします」

「副総管ですって！　内務府は宮廷事務を行うところで、後宮で働く者達の人事権も持っているはずよ。お若いのに、内務府で二番目に偉い宦官だなんて！」

副総管は選考に関して大事なことを話したのに、それより副総管自身の情報の方に気を取られて大丈夫だろうか。

皆が筆に手を伸ばし、試験が始まると、私は考えた。

（思いっきり、下手な絵を描けばいいんじゃないかしら？）

それなら簡単に落選できそうだ。ここへ来る途中で見た光景を思い出し、牡丹と蟷螂《かまきり》を描こう、と決意すると筆先に墨汁をつけ始める。牡丹に群がる、邪悪な顔の蟷螂がいい。

ふと斜め前の令嬢の手元が視界に入る。見ようと思ったわけではないが、見えてしまった。自信があるのかスラスラと描き始めているのだが、二度見してしまうほど絵心がなかった。題材に沿っているのかどころか、何を描いているのかも判然としない。

（どうしよう。あれより下手に描く自信がない……）

やり過ぎて幼児のような絵を描いてしまうと、ふざけていると判断されてしまう。それは流石にまずい。絵はやめるべきだろうか。

「春」に絡めれば文章でも良《い》いのだ。

内容は真面目でなければお叱りを受けてしまうから、ふざけられない。代わりに皇城にやや批判的な意見を盛り込むのはどうだろう？　可愛げがないと思わせるのだ。

隅々までびっしりと字を埋めてやれば、試験官も読む気が失《う》せること間違いなしだ。

（いいわ、そうしよう！　それと、春といえば色んな意味で税金の季節よね）

銭のことを考え出すと、わくわくしてきて気分が乗り、思考の赴くままに筆を滑らせる。

納税の基礎となる戸籍は三年ごとに地方役人が作成するのだが、その調査は春だった。

大雅《たいが》国の民に課せられる税は大まかに二種類あった。田賦と、官庁で必要な労役を提供させられる徭役《ようえき》だ。

（徭役をさせられる時期も、春のことが多いし。題材に打ってつけじゃないの！）

田賦は地域によって納め方が異なり、銭ではなく現物で納付しなければならないことも多く、その場合は自力で運ぶ必要があった。しんど過ぎる。

筆を握りしめたまま、心の中でう～んと唸《うな》って思い出す。

うちの店で働く番頭は、かつて涙ながらに言っていた。「過酷な負担に耐えきれず、身一つで都に逃げてきたのです」と。それを聞いた弟がもらい泣きしていたっけ。

気の毒だが国の立場から考えるに、これでは税金を取りっぱぐれる。

もういっそのこと田賦と徭役は一本に簡素化して、全て銭納にしたらどうだろうか。

（そもそも、徴収した税の使い方も問題があるのよ。まず州で使って、残金が中央に回されるだなんて）

お金がいくら入り、いくら使う予定があり、残金はどのくらいか。

家計も経営もこの見通しが肝要だが、今の我が国はその見立てが崩れかけている。

つらつらと日頃の鬱憤も込めて書き連ねていると、弾みがつき過ぎてついには後宮の豪華さにまで文句をつけ始めてしまう。料紙が上等過ぎる。宦官が多過ぎる。いや、もう妃嬪自体が多過ぎる。皇帝一人でどう相手するのよ。無駄よ、無駄。といった風に。秀女選抜で妃嬪の多さを嘆くとは、我ながら自分の立場を棚に上げている。

こうして、気がつけば料紙の終わりまで筆が進んでいた。

筆を置いて答案用紙をさっと眺めて、にんまりと笑ってしまう。

(いい感じに、小生意気な作品が出来上がったわ)

皇帝も税金について批判し、可愛げのない黒々とした作品を提出するような面倒くさい女を妃嬪に、などとは思わないだろう。

これで家に帰れる。宮城とも柏尚書《はくしょうしょ》とも縁が切れて、元の生活に戻れる。父も長年の夢は妄想に過ぎない、と諦めてくれるだろう。

作戦の成功を確信し、込み上げる安堵《あんど》を我慢できずニタニタと笑っていると、ふと一番前に立つ副総管と目が合った。

試験会場で一人顔を上げてニタつく女は、さぞ怪しくて気持ち悪かろう。

上げ過ぎた口角の処理に迷っていた矢先。まるで見てはいけないものを見てしまったみたいに、副総管の漆黒の瞳がさっと離された。どうやら少し不気味がられてしまったようだ。まぁ、気にすまい。彼とも、もう二度と会うことはないだろうし。

試験終了の掛け声がかかると、愛琳が筆を机上に戻しながら、人懐こい笑顔で私の方を見てきた。

「どうだった？　私、結構上手《うま》く濃淡を出しながら描けたとおも……」

そこまで言いかけた愛琳の視線は私の書いた作品に向かい、絶句した。笑って誤魔化すしかない。

「ちょっと筆が乗ってしまって。熱い思いの丈を連ね過ぎました」

「あなたって面白い方！　文字で埋めるなんて、私は思いつきもしなかったのに」

愛琳の絵は木蓮《もくれん》の枝にとまる春告鳥を描いたものだった。鳥の毛並みを上手く墨の濃淡で表現していて、立体的に見せることに成功している。絵から木蓮の優しい香りすら漂ってきそうだ。そう伝えると、愛琳は手を伸ばして私の両手を取り、大真面目に言った。

「こんな大作を書いたあなたも非凡だわ。私達、お友達になれそうね。一緒に、後宮に残りましょう！」

口ごもりながらも、礼を言えた自分を褒めてやりたい。

技能試験の後は、間を置かずに器量選考が行われた。選抜をするのは、なんと皇帝自身なのだという。

皇帝が待つ嘉徳殿《かとくでん》という広い殿舎の前に集められた令嬢達は、大変緊張していた。誰もが興奮気味に化粧を指で直したり、髪を整えている。

大雅国の皇帝はまだ二十四歳で、仕事熱心なよき為政者との評判だった。

その上、子どもの頃より文武に秀でていて、穏和な人格者として名高い。

皇帝の御目《おめ》通りが近づくと、令嬢達は胸に手を当て、頬を紅潮させて言った。

「ああ、陛下にお会いできるなんて、夢のよう」

ここに来ている令嬢達の大半は、秀女選抜を喜んでいるようだ。私も喜んで、彼女達に道を譲りたい。

いよいよ女官の案内で、私達は一人ずつ皇帝の前に出ることになった。

皇帝のいる部屋に入っていき、一礼してから顔を見せて退室するのだという。

ついに私の番がくると、伏目がちになって中へ足を進めた。部屋の入り口にある大きな衝立《ついたて》を大回りすると、風林火山の描かれた屏風《びょうぶ》を背景に、黄色の方領衫《ほうりょうさん》を纏《まと》い、冕冠《べんかん》を被った男がいた。

細い輪郭がやや幼さを感じさせるが、真剣な眼差《まなざ》しをこちらに向けており、真っ直《す》ぐに伸びた背筋から、誠実そうな人柄が偲《しの》ばれる。

椅子には座らず、片手を軽く机上に載せて立っている。

挨拶をするため両手を組んで眼前に持ち上げ、両膝を突いて拝礼する。慣れない場面と姿勢に、緊張が頂点に達する。

「皇帝陛下に拝謁《はいえつ》致します。蔡月花と申します」

「顔を上げよ」

ゆっくりと上半身を起こす。皇帝は顔を綻《ほころ》ばせると、口を開いた。

「そなた、珍しい色の目をしておるな。飴《あめ》のように透き通っている」

「は、はい。生まれつき、目の色が薄いのです」

「蔡家の令嬢ならば、もう少し早く秀女選抜に参加するものと思っていたがな。早い者は十三、四で参加しておる」

「申し訳ございません。折悪く、体調を崩しておりまして」

はなから参加する気がなかった、とは口が裂けても言えない。それに体が弱いという誤った情報を植え付けておけば、不利になるかも知れない。かえって私には好都合だ。

「そうか。今回はよく来てくれた。——下がってよろしい」

深々と頭を下げ、一応礼を言ってから退室する。

皇帝の御目通りが終わると、私達は殿舎を移動することになった。

後宮の煌《きら》びやかな建物の間を歩いていると、簡素な白い襦裙《じゅくん》を着た女官の集団と出くわした。採用されて間もないのか、皆若くて様子が初々しい。

女官達は私達の存在に気がつくと、ハッと目を見開いて顔を強張《こわば》らせ、その場で立ち止まる。対するこちらの令嬢達は、率いる女官も含めて一切歩調を緩めない。

両者は互いにすれ違うのではなく、若い女官達が素早く建物の壁に身を寄せることで、私達に道を譲った。同時に膝を折り、頭を首が折れそうなほど下げている。

令嬢達はそうされることがさも当然、といった様子で少しも急ぐことなく、彼女達に膝を折らせたまま、譲られた道を悠々と進んだ。私達はまだ誰も、秀女選抜を通っていないのに。後宮の厳しい上下関係を垣間見《かいまみ》た気がして、震え上がりながらもなんとか平静を装い、急ぎ足で女官達の前を通り過ぎる。

私達が通されたのは、蓮《はす》の葉が優雅に揺れる池に張り出した殿舎だった。建物の三方が池の上に出ていて、まるで船旅でもしているような錯覚に陥る。船旅をしたことはないが。

大きな机には茶菓子が並べられており、結果発表までここで待たされるらしい。

(なんて高級そうなお菓子かしら。美味《おい》しそう。来て良かった、なんて思っちゃう!)

繊細な作りの菓子の山々に興奮で息が上がるのをどうにか抑えつつ、机上をさっと見回す。どうやら席次が決められているようで、人数分の名札が載っている。最上位の奥の席に置かれているのは、愛琳の名札だ。

私の席は案の定末端だったのだが、ここでなぜか愛琳が疑問を呈した。

「おかしいわ。三大名家の蔡家が末席だなんて。月花さんもここに座るべきだわ。誰か、席を交換しなさいな」

宦官《かんがん》を含め、その場にいた全員の視線が私に注がれ、焦る。

（そんな気遣いは、いらないのに……！）

誰が決めたのか知らないが、席次に文句をつけたりしたら非常識だと思われる。私は穏便に、波風を立てずに後宮を去りたいのだ。

ざわつく気持ちを懸命に抑えて、愛琳に微笑《ほほえ》む。

「いえ、ここで結構です。私、人より暑がりなんです。ここなら池に一番近いから、風が一番通りますので」

愛琳は口を尖《とが》らせながらも引き下がりかけたが、ここで余計なチャチャを入れる令嬢が出現した。

「でも、同じ家格なら年長者が優先されるべきですわ。せめて私と交代なさらない？　私なんて、まだ十六ですものぉ。月花さんはもう二十二だと伺ったわ」

二十だ、と訂正したかったが、よく考えれば今の私には些細《ささい》な間違いだ。

チャチャ令嬢は口元を扇子で隠しながら、私を気の毒そうに見ていた。同情の体《てい》を装っているが、発言内容は明らかに私を嘲笑している。扇子で隠れていて断言できないが、今笑っているんじゃないのか。

愛琳も説得されてしまったのか、大きく頷《うなず》いている。

「私は午年《うまどし》生まれなの。歴史ある蔡家出身の子年《ねずみ》生まれの月花さんを、末席にだなんて！」

まだ言うか。みんなで一度、傾いた我が家を見学しに来るといい。それに私は寅《とら》年だ。

とはいえ、反論してやり込めたり、上位席に移るわけにはいかないし、他の席の令嬢達の機嫌を損ねるようなことはしたくない。目立つのはもっての外だ。

こういう時こそ、自分だけの言い分を存分に利用しよう。

「お気遣いは嬉《うれ》しいのですが、私は目の色が薄いので、日の光が人一倍眩《まぶ》しいんです。末席のここが、一番北側で日当たりが少なくて、快適そうですから」

決まった。——皆、先ほど見た私の金瞳を思い出したのか、急に私から目を逸《そ》らす。

案の定、令嬢達は席次についてこれ以上何も言ってこなかった。

この後は、上位席の令嬢達の主導による談笑が続いた。

令嬢達のお茶会に参加してよく分かったのは、彼女達は言葉という武器で斬り合いをしている、ということだ。

会話の端々に相手への牽制《けんせい》が詰まっており、小さな自慢が無数にちりばめられている。

(こんなところで一生過ごしたら、胃がやられそう……)

皆で綺麗《きれい》な笑顔を絶やさず話しているが、腹の中では何を考えているやら。

私は端の席でひっそりと茶を啜《すす》って、高級菓子をゆっくり堪能《たんのう》していれば満足だ。一歩も二歩も引いて、後は落選を待てば良い。

やがて副総管が現れ、一見和やかにお茶会をしていた令嬢達に緊張が走った。

副総管は手に巻物を持っており、閉じ紐《ひも》を解くと広げ始めた。

「これより、お名前をお呼びしたご令嬢を、それぞれの宮へとご案内致します」

後宮に残ることになる者の名前が、読まれるらしい。

やっと宮城から解放されると安堵しつつ、副総管がその美声で名を読み、そのたびに令嬢が一喜一憂する様子を他人事《ひとごと》のように眺める。

予想通り私の名前はなかった。晴れ晴れとした気分で、深呼吸をしてしまう。

(ああ、空気が格別、美味しいわ)

選抜を通ったのは愛琳を含めて、三人だけだった。

呼ばれなかった令嬢達が一様に沈んで俯《うつむ》く中、愛琳達は三人で集まり、手を取り合って互いを讃《たた》えている。あの手で互いを引っ叩《ぱた》く日も、そう遠くはないだろうに。

さぁ、もう帰ろう——。そう思って軽やかに立ち上がりかけた時。

「蔡月花」

幻聴を聞いたかと思って顔を上げると、副総管のやたら華美な目と目が合う。彼は私をはっきりと見つめ、再度私の名を言った。

「お帰りになる前に、あなたには個別にお話があります。こちらへいらしてください」

頭をガン、と殴られた思いだ。一体、どうして……？

——呼び出しに思い当たるのは、真っ黒になるまで書いた、あの作品だ。

しまった、やり過ぎたのだと瞬時に悟る。

緊張で腹痛を感じている私が連れて行かれたのは、見覚えのある部屋だった。

きょろきょろと辺りを見回しながら屏風を回ると、その向こう側に立っているのは、なんと皇帝だった。一瞬で全身に汗が噴き出る。まさか皇帝直々のお叱りが？

「は、拝謁致します……！」

慌てて膝を折り、頭を下げる。目線の前で組んだ両手が、己の失敗にどうしても震える。

「立ちなさい。そなたは秀女選抜には落選したが、別の用件で来てもらったのだ」

そう言うと皇帝は私の顔を覗《のぞ》き込んでから、腕組みをしつつ豪快に笑った。

「いやいや、そなたの作品は実に異彩を放っていた。あれはまるで、科挙《かきょ》の答案のようだったぞ。流石《さすが》三大名家の蔡家、といったところか」

「申し訳ございません！」

なぜ笑われているのか分からないが、とりあえず速やかに謝罪を入れる。だが皇帝はそんなことはどうでもいい、と言わんばかりに片手をヒラヒラと振った。

「かねてより男しか科挙を受けられないのは、疑問に思っていた。余の宮廷の人事をこのような形で決めるのも、妙案かもしれぬ」

言わんとすることがよく分からないが、皇帝はなぜか楽しげに続けた。

「そなたの作品を、内容に相応《ふさわ》しい部署に見せたのだよ。すると、ある官吏が非常にそなたに興味をもってね。面接を希望しておるから、それを許した」

そこまで話すと、皇帝はパンパン、と両手を強く叩《たた》いた。そばに控えていた宦官は合図を受けて一礼すると、部屋の奥にある扉の方へ歩き、外に向けて呼びかける。

「戸部《こぶ》尚書殿、どうぞお入りください」

(えっ……。いま、何て？)

そんなはずはない。だが、戸部尚書といえば、一人しかいない。

唖然《あぜん》とする私の前に現れたのは、長身の男だった。顔はたしかにいつぞや食堂で会った柏尚書なのだが、官吏が纏う紫色の袍《ほう》に身を包んでいると別人のような風格がある。あの時のような遠慮がちな雰囲気は微塵《みじん》もなく、堂々たる歩みで近くまでやってくると、彼は怜悧《れいり》な瞳で私を見下ろした。

「君が蔡月花か？」

（えっ？　ええと……なんでそんな初対面みたいな対応なのかしら？）

お見合いの事実を隠したいのかもしれない。理由はどうあれ、私に振られたのだし。

そもそもここは宮城であって、彼は百官のほぼ頂点に近い位置にいる、戸部尚書だ。馴《な》れ馴れしくするのは、もっての外だ。礼を取るのが筋だろう。軽く膝を折り、挨拶をする。

「蔡家の月花と申します、戸部尚書様」

言い終えたところで、喉が引き攣《つ》った。柏尚書の手の中に、見覚えのある巻物が握られている。

（いやだ、まさかあれ――、さっき私が書いた、春がお題の作品？）

私が書いたのは、この国の財政批判だ。財政業務を担う官庁たる長の、目の前の柏尚書を批判したも同然だ。これを読んだなんて。今すぐこの場から、逃げ出したい。

縮こまっている背中に冷や汗が流れ、急に寒くなってくる。

「君の書いた作品を読ませてもらった。痛烈だが、同時に的確だった。税に詳しいのだな」

なんでよりによってこの人に、噛《か》みついてしまったのだろう。慌てて頭を下げる。

「とんでもございません！　あの作品は、金銭の出入りに敏感な、ケチな素人の考察です！」

「君はどうやら、財政管理に一家言あるらしい」

「い、いいえ。私はただ単に、家業を幼少より手伝っておりますだけで……」

「このような作品を書けば妃嬪《ひひん》には選ばれない、と分かるだろうに。……妃嬪となる機会を捨ててまで、税について陛下に談判したかったのだな」

（違います！　そんな殊勝なことは全然、考えてません！）

「陛下に対して批判的な発言をすることを恐れる者が多い中、君は真正面から斬り込んだ。なかなかできることではない」

どうしよう、書いた内容が失礼過ぎたようだ。一体私には、どんな罰が？

私の焦りと困惑を置き去りに、柏尚書は悟りを開いたような穏やかな顔で、呟《つぶや》いた。

「どうしてもこの機会を利用したかった、君が銭を――いや、国を思う熱い気持ちは、よく分かった。非常に感銘を受けたよ。その強い信念に、ぜひとも応えなければ」

私の悪意にまるで気づいていないのはありがたいが、お見合いを蹴ったのは皇帝に税について訴えたいことがあったからではない。

「生意気なことを書いてしまい、申し訳ございません。あまりに煌《きら》びやかな後宮に驚いたんです。名ばかり貧乏蔡家には眩し過ぎて、狼狽《ろうばい》のあまり血迷って過激なことを……」

「まさに、その通りだ。よく言ってくれた。流石の度胸だ」

「えっ？」

謝罪と苦しい弁解を遮られ、困惑しながら柏尚書を見上げる。彼は私をひたと見つめたまま、大きく頷いた。

「後宮は年々出費が増え、過剰に豪華になっている。妃嬪達は贅沢《ぜいたく》を享受し過ぎている」

するとそばで聞いていた皇帝が、声を立てて笑った。

「図星と言う他ない。流石、柏尚書は余の可愛《かわい》い妃嬪達になかなか手厳しい」

「聡明《そうめい》なる皇帝陛下のお導きにより、我が国は隆盛を極めております。ですが、後宮の見境ない浪費は、そろそろ戸部としましても看過致し難く存じます」

皇帝は苦笑しながら歩いてくると、私を見つめて顎に手を当て、首を傾《かし》げた。

「それにしても、やはり変わった目の色をしている。女官達が日光で輝くと騒いでいたぞ」

またその話題か、と思わず目を逸らすと柏尚書が口を挟んだ。

「実に縁起の良い瞳です。大雅国の宮城に相応しい」

「縁起が、良《い》いですか……？」

逆のことなら、しょっちゅう言われてきたけれど。

私の問いを受け、柏尚書は力強く頷いた。

「金の瞳は、虎の瞳。虎はしなやかで勇気がある。建国記にも登場する縁起の良い生き物だ。それに滅多に人前に姿を表さない、稀少《きしょう》で価値の高い存在でもある」

（縁起が良くて、稀少……？）

不思議な思いで、柏尚書の話を聞く。家族以外に目の色を肯定されたのは、初めてだ。

「私達は金瞳を拝めて、大変幸運だ」

人によっては行き過ぎた賛辞に聞こえるかもしれないが、その言葉は私の胸の奥底まで真っ直《す》ぐに届いた。

金の瞳は、虎の瞳――。とても強くて誇らしい響きだ。

少しの間、感激に浸って喜んでいると、柏尚書は衝撃のお知らせをした。

「蔡月花。君は妃嬪としては選ばれなかったが、内務府の官吏としては、選ばれた」

「はいっ？　官吏、と仰《おっしゃ》いますと……？」

尋ね返すと柏尚書はにっこりと実に美しい微笑を披露した。だが数回瞬きする間に、向けられていたその切れ長の眼差《まなざ》しは、間違いなく挑戦的な色を帯びたものに変わった。

縁談を断るほど税に思いがあるなら、その熱意を証明してみせよ、と。

「君は後宮の出納を管理する、内務府の主計官として採用されることになった。任務はその手腕で宮廷費を、現状の半分にまで圧縮することだ。この作品の如《ごと》く妃嬪達に堂々と意見し、赤字続きの後宮の財政をぜひ立て直してくれ」

血の気が一気に引いた。主計官はあり得ないが、宮廷費を半分だなんて、論外だ。

「そ、そのような大役は、私にはとても務まりません！　柏尚書、お考え直しください」

「謙遜する必要はない。君のような怖いもの知らずで個性的な人材にこそ、できることがあると期待している。誰よりも銭の価値を知っているのだから」

それは馬車から三銭のために飛び降りたことを言っているのだろうか。あの時に馬車の前で手を差し出してくれたような優しさは、今はかけらもないようだ。困惑して皇帝の様子を確認すると、彼はさも楽しげに――いや、いっそ面白おかしそうなほど、目を躍らせて頷《うなず》いた。

「明日より出仕を命じる。そなたの腕っぷしを、非常に楽しみにしている。蔡家にとっても、起死回生の機会となろう」

（そんなぁ……！　どうしてこんなことに!!）

頭の中が真っ白に弾《はじ》け、その場に立ったまま固まる私のそばで、柏尚書は私の肩に手を乗せ力を込めると、真顔で言った。

「君の失敗は、蔡家の失敗になる。心して取り組むように。──守銭奴とやらの意地を見せてくれ」

食堂で会った慈悲深い見合い相手のお坊ちゃまは、無理難題を吹っかけてくる厳しい高級官吏に変貌していた。


帰宅すると、母は門の前で私を待っていた。

予定より遅くなったせいか、不安そうな表情だったが私を見るなり、母は安心したように笑った。

「ああ、月花。良かったわ。やっと帰ったのね。お帰り」

「お母様。私、妃嬪には選ばれなかったの。だけど妙なことになって、内務府で働くことになってしまったの。私が妃嬪達の無駄遣いを、取り締まるんだって」

母は私の言ったことをすぐには理解できなかったのか、無言で数回、瞬きをした。そして理解すると、その場で失神した。

翌朝、よく晴れた雲一つない爽やかな青空のもと。

どんよりと陰鬱な気分の中、私は宮城に向かった。

家を出る間際、母は失意のあまり寝込んでいる寝台の上で、悲愴《ひそう》な顔をして私を見送った。枕元に立つ私に、母は弱々しく手を振った。

「後宮の住人達には、気を付けてね。彼女達と渡り合うのは、一枚の薄い板の上を歩くようなものよ。覚えておきなさい。——本当の悪は、醜悪過ぎる姿を隠すために、人畜無害な顔をしているものなの」

それは母の昔からの口癖だった。十年間、宮城で女官務めをして得た教訓なのだろう。

対照的に父は、嬉《うれ》しげに年甲斐《としがい》もなく飛び跳ねながら、手巾をヒラヒラと右手で振って私の「門出」を祝った。

「頑張ってお仕えするんだぞ！　お前は科挙と秀女選抜、両方に合格したようなものだ。蔡家の誇りだ!!」

父はこの異常事態を、異様に前向きに捉えていた。昨夜は皇帝に気に入られてゆくゆくは妃嬪に仲間入りし、最終的には皇后になる、という夢物語を勝手に妄想して語りだし、母に夕餉《ゆうげ》の茹《ゆ》で餃子《ギョーザ》を取り上げられていた。

父は急いで母に詫《わ》びたが、母は父の茹で餃子を秒で平《たい》らげ、失意の父は半泣きになった。

ひと晩寝て忘れたのか、父は上機嫌で門から私に手を振った。

「今夜の夕飯は、お前の好物の豚の角煮を準備しておくからな！」

豚の角煮も私の気持ちを上げるには、力不足だった。

康輝《こうき》は相変わらず頼りない顔で、私の肩をポン、と叩《たた》いた。

「店のことは、俺に任せて。臨時店長としてしっかりやるから、心配しないで」

「お願いよ。どうせすぐ内務府もお払い箱にされて、戻ってくるから」

家族と別れると、仕方なく宮城へ向かう。

避けていたはずの城の中に職を得てしまった。それも縁談を蹴った相手の口利きで。絶望感から、とぼとぼと皇城までの道のりを歩いた。

大雅国の城は、大まかに分けて二つの区画からなっていた。

北側に位置するのが宮城で、皇帝や妃嬪達の住まいの場であり、内廷とも呼ばれる。対して南側にあるのが皇城で、三省六部の殿舎があり、外朝とも言う。

私が配属させられた内務府の殿舎は、外朝にあった。外朝で働くのは、男性官吏と宦官《かんがん》だ。その中に私が飛び込めば浮くのは必至なので、せめて服の色だけでも馴染《なじ》もうと黒地の襦裙《じゅくん》を着てきたのだが――。

（無駄な足掻《あが》きだったわ！）

殿舎の中に私が登場するなり、机に向かっている者も、巻物を片手に立ち話をしている者も、皆一斉に私を見た。採用からして異例なのだ。仕方ないと割り切るしかない。

広い殿舎は格子の扉によっていくつかの部屋に分かれており、濃い茶色の木製の机が並んでいる。どの机にも巻物が所狭しと積まれ、建物の内部全体に墨汁の匂いが染み付いている。出入り口からは絶えず人が行き来していて、忙《せわ》しない。

持参した荷物を抱えたまま硬直していると、真っ直ぐにこちらへやってくる人物がいた。ひょろりと細身で、ややダボついた黒い袍《ほう》を纏《まと》っている。小顔の上に載る黒い帽子は大きさが合っていないのか、やや傾いている。宦官のようで、年齢は私と同い年くらいか。

「蔡家のお嬢様で？　僕は周陵《しゅうりょう》です。ここであなたの手伝いをするよう、総管から命じられています。――まぁ、総管に指示を出したのは柏尚書でしょうけど」

陵は飄々《ひょうひょう》とした調子でそう言うと、ぎょろりとした大きな目を回し、肩をすくめた。

「お世話になります、周さん」

「いやぁ～、陵でいいって。僕、宦官になって以来七年ここで働いてるけど、まだ一回も昇進してないし。あ、僕も面倒なんで敬語やめますね」

　随分とざっくばらんな人柄のようだ。出世は残念ながら遅い方なのだろう。

「それにしてもあの柏尚書に目をつけられるとは、大変だねぇ。普段優しいけど仕事には厳しいんでしょ？　官服着ると人格変わるって噂《うわさ》だし」

「そ、そうだったんですね。言われてみれば、そんな感じが……」

　まごつく私を連れて、陵は殿舎の中ほどまで進み、大きな木の机に案内した。

　どの机も基本的に同じ形で、横に長い。巻物を机上で広げて扱い易《やす》い形になっているのだろう。

　一番奥に置かれた皆より大きめの机の前には、かなりの高齢と見受けられる老宦官が座っていて、何やら巻物に書き込みをしている。

「あ、あの方が総管ね。基本的に陛下のおそばに侍《はべ》るから、たまにしか内務府にいらっしゃらないよ。今のうちに挨拶しておこう」

　陵と共に総管の机の前まで向かい、丁寧に頭を下げる。

　総管は私に気がつくと、実に面倒そうに顔を上げた。片手で白い頭をぼりぼりかきながら。

「ああ、君ね。柏尚書から聞いているよ。まったく、陛下も若気の至りと申し上げたら良いのか……」

どう見ても私が来たことに、困っているようだ。私も困っているんだけれど。

「君、そもそも秀女選抜に参加していたらしいけど。計算はできるのかい？」

すると周囲の官吏達が一斉に笑い、小声で頷き合う。

「歌や絵ができてもなぁ？　お嬢様は世間知らずで困るよ」

総管は咳払《せきばら》いで官吏達を黙らせると、私の襦裙をじとりと見た。少しの間を置いてから、不安そうな面持ちで尋ねてくる。

「外朝は官吏と宦官が働く所だからねぇ。何ぶん、女性は前例がなくて」

今度は周囲にいる宦官達が、聞こえよがしに言う。

「女に働かれちゃ、俺達の仕事がなくなっちゃうよな～」

総管は鬱陶しそうに片手を振って、雑音を静めた。

「まぁ、問題を起こさない程度に頑張ってくれ。実務的なことは副総管に任せているから、何かあったら彼に相談しなさいね」

そう言いながら、殿舎の自席にいる副総管を顎で指す。

副総管は官服や宦官服ではない鮮やかな色の袍を着た男達と何やら話し込み、包みを受け取ったり記録を取ったりしている。微笑《ほほえ》みは相変わらず天女の化身のように華麗だ。出入りの業者の相手でもしているのだろう。挨拶は後にした方が良《い》いかもしれない。

総管は話し終えるとまた顔を下げ、手元の巻物に視線を戻して仕事に戻った。

殿舎内の宦官達の視線を痛いほど感じながらぎこちなく歩き、自席につく。

すると陵は、ドカリと私の机の上に腰を下ろした。天板がミシッと軋《きし》む。

「さて、何から始めるかい？　蔡家のお嬢様。主計官は君のために新設された役職だから、遠慮はいらないよ」

「あの、私のことはお願いだから月花と呼んでちょうだい。私、お嬢様というよりは守銭奴なのよ」

すると陵は細い肩を揺らして、噴き出すように笑った。

「そりゃ、心強いね。今の内務府にぴったりだよ。何せ先代の陛下が派手なお金の使い方をなさる方だったから予算が毎年膨らんで。その上、金持ちの出で贅沢《ぜいたく》好きの貴妃《きひ》様を筆頭に、浪費家の妃嬪《ひひん》様が揃《そろ》っていて、宮廷費は毎年予算超過でね」

貴妃――は、たしか三大名家の黄《こう》家出身だ。父親は官僚の頂点の門下侍中《もんかじちゅう》を務めている。

愛琳の安家よりも更に大きな権勢を誇る、今この国で最も力を持つ家だ。

なんの因果で、没落蔡家の私がその浪費を諫《いさ》めないといけないのか。

（秀女選抜とお見合いから、下手に逃げようとした結果だもの……。とりあえず、秀女選抜の筆記試験で大きな口を叩いたからには、きっちり仕事をしないと）

溜《た》め息をつきながらも、沈んだ気持ちを切り替えようと咳払いしてから、気合を入れて陵を見上げる。

「内務府のここ三年分の帳簿を見せてもらえる？　ざっくりでいいから、収支を把握したいの」

陵はニッと口角を上げた。

「待ってました。流石《さすが》は切れ物の柏尚書が釣り上げただけある。そう言うと思ってたよ」

私は魚じゃないんだけど、という反論はなんとか呑《の》み込んだ。

一週間に亘《わた》り、内務府の金と物の流れを確認したところ、柏尚書の焦りがよく分かった。

後宮は酷《ひど》い放漫経営状態だった。

年々その支出は増加しており、家計にたとえるならすでに一家離散していてもおかしくはない。そうなっていないのは、後宮が戸部を打出《うちで》の小槌《こづち》のように使っているからだ。

妃嬪達には年俸が支給されるが、後宮生活において銭を使う場面はほぼない。衣服代や食費、日々の必需品は全て内務府から無償で与えられるからだ。これが、財政を圧迫している。

今日も朝から内務府の殿舎で筆を片手に帳簿を睨《にら》んでいると、不快な光景が視界に入る。

隣にいる陵に、思わず文句を言う。

「あっ、見て！　なんであんなに毛皮をあげちゃってるのかしら。しかもあれ、超がつくほど高価な雪豹《ゆきひょう》の毛皮じゃない……？」

「ほんとだ。臨時請求に来たんだろうねぇ」

帳簿を放り出して慌てて立ち上がると、女官に白い毛皮の束を恭しく手渡している小太りの宦官のもとに駆け寄る。

もらうのが当然、といった風情でつんと顎を逸《そ》らして受け取る女官は、この一週間で顔を覚えた。貴妃の宮に仕える女官の香麗《こうれい》だ。

現在、後宮で最も位の高い皇后の座は空席となっている。この後宮で地位が高いのは貴妃、淑妃《しゅくひ》、徳妃《とくひ》、賢妃《けんひ》の四夫人であり、貴妃と淑妃はそれぞれ皇帝の子を産んでいた。

彼女達四人を筆頭に、皇帝には百人近い妃嬪達がいる。貴妃はその中で最も位が高かった。

実際のところ、貴妃は多額の年俸を貰《もら》っているのだから、毛皮くらい溜め込んだ私財で買ったらどうなのか。内務府にタダでせびりに来るのは、いただけない。

香麗の退路を塞《ふさ》ぐように私が前に立つと、彼女は途端に顔を歪《ゆが》めた。

「なぁに、邪魔なのですけれど。私は貴妃様の使いできているんですよ？」

「毛皮は階級ごとに配分が決められていて、一律の支給時に既にお渡ししているはずですが……」

香麗は細い眉を不機嫌そうに寄せた。

「ケチ臭いことを言わないで。貴妃様がもっとご所望なのです。文句があるなら、直接後宮の永秀宮《えいしゅうきゅう》に来てくださいな」

永秀宮は貴妃が住む宮だ。そこに行って貴妃と対決しろと。

（いずれ行ってお話をしないといけない。でも、今じゃない）

私が黙ると、香麗はふんと鼻で笑ってから、さも満足げに胸を張って内務府の殿舎を出て行った。チラリと視線を小太り宦官に移すと、彼は首をブンブンと左右に振った。

「だ、だって仕方ないじゃないですか。要求があったら、準備しておくのが慣例ですから――ってあっ、今度は淑妃様の女官がいらっしゃいました！」

振り返ると細身の美女が静々と歩いてくるところだった。

色白の細い顔に涙黒子《なみだぼくろ》のある黒目がちな目はいつも少し伏せ気味で、彼女を薄幸美人に見せていた。

殿舎にいる者達が、一様に愛想笑いを浮かべる。今後宮で皇帝の寵愛《ちょうあい》を一番得ている淑妃の女官には、媚《こび》を売っておくに越したことはないのだろう。

美雨《みう》という名に相応《ふさわ》しく、柔らかな雨の如《ごと》くたおやかな声で口を開く。

「淑妃様に金象嵌《ぞうがん》の玻璃《はり》の花器をお貸しいただけますか？」

玻璃の品物は、皆他国からの献上品として宮城にもたらされたものだ。しかも言われるがまま美雨に宦官《かんがん》が差し出しているのは、縁に幾何学模様の黄金細工が施された一級品だ。

献上品はどれも非常に高価なのだが、内務府の現場の裁量で上位の妃嬪に下げ渡してしまっていた。

玻璃の花器を大事そうに抱えて美雨がいなくなると、手渡した小太り宦官を再度問い詰める。

「貸して、と言っていましたけど……、いつ返してくれるんでしょうか？」

だが宦官は妙なことを問われた、とばかりに目を白黒させた。

「そんなこと聞いたりしませんよ。私は、従前通りにしたまでです」

（出た！　従前通り、ね）

内務府の業務方針は徹頭徹尾、ひたすら前例踏襲だった。

受領書は書かせているようだが、後宮内の妃嬪達相手だとしても少しは疑うべきだ。

高価な品々を湯水の如く妃嬪に垂れ流す宦官に、一言苦言を言おうと口を開いた矢先。

「皇帝陛下のおなり」という先触れとともに、殿舎にいた者達が一斉に膝を折りだしたため、慌ててそれに続く。

皇帝は腰元に玉佩《ぎょくはい》や香袋を下げていて、動くたびにそれらが賑《にぎ》やかな音を立てる。間近に来た音にかすかに顔を上げると、彼は私の目の前にいた。背後には総管が付き従っていて、心配そうに私を見ている。

「蔡主計官。内務府はどうだ？　少し前まで巻子《かんす》の束に埋もれていたと聞いたが」

「はい、皆様のお陰でなんとかやっております」

「経営者たるそなたから見て、余の宮廷費をいかに思う？」

火の車です、と率直に答えると、皇帝は一瞬目を見開いた後で、背を曲げて笑った。

「実に冷静な分析で、痛み入る。では蔡主計官なら、どうこれを正す？」

口元はまだ笑っているが、私を見下ろす皇帝の黒い目は至って真剣だ。年齢は私と四歳しか変わらないはずだったが、皇帝の眼差《まなざ》しと表情は酸いも甘いも嚙《か》み分けるような、年齢を飛び越えた落ち着きと知性を感じさせる。

私はそこに賭けた。

「上級妃嬪様にお集まりいただき、まずは後宮の経費につきまして、私からお話する機会があればと存じます」

広い殿舎の空気に緊張が走る。総管は髪の毛と同じくらい、顔を白くしている。

後宮の財政が悪化していることを、何より妃嬪達に自覚してもらう必要がある。啓蒙《けいもう》講義を開きたい。

この話に関わりたくないとの無言の意思表示か、近くにいた宦官達が後ろ足で私から距離を取る。

「なるほど。それは余の妃嬪達にとっても、非常に勉強になる有意義な機会となるだろう」

お怒りを呼ばなかったことに密《ひそ》かにホッとしつつ、更に続ける。私の中で、本命は次の提案だ。

「また、併せて各宮への会計監査も必要かと。できれば事前に後宮に私と同僚の周陵が詰める出張所を設け、二人でそこから直接立ち入りをさせていただければ幸いです」

外朝にいては、後宮の状況が把握できない。内部に身を置きたい。その上で、美雨が持ち去ったあの花器を始め、今まで貸したものが本当に宮にあるのか、確かめなければ。

広い殿舎の空気が凍りつく。ちらりと見やれば、目を極限まで大きく開けて、総管が硬直したままフラつき、背後の机にぶつかった。衝撃で硯《すずり》から墨汁が溢《こぼ》れたが、気がついていない。机上を濡《ぬ》らしたそれを、陵が何食わぬ顔でせっせと拭いている。

皇帝はゆっくりと瞬きをしながら、少し硬くなった表情を再度緩めた。その後で、はっきりと首を縦に振る。

「名案だ。余が許可しよう」

総管は胸を押さえながら、安堵《あんど》した様子で息を吐いている。

厚く礼を言いながら、私は心から頭を下げた。

——この仕事は、意外とやり甲斐《がい》があるかもしれない。


皇帝の後押しのもと、翌日私は陵と一緒に後宮に赴いた。

深呼吸をして二度目の後宮の中に入っていく。外朝と内廷を分ける朱明門《しゅめいもん》は、一般の官僚は通ることができない。この先は、皇帝と妃嬪《ひひん》、そして宦官と女官達の世界なのだ。

後宮の一角に借りた小さな殿舎の入り口には「内務府後宮内出張所　お気軽にどうぞ」と墨で書いた看板代わりの紙を貼り付けた。

「これでよし、と。しばらくの間、午前中はこっちに勤務しましょう」

何がよしなのか、と胡散臭《うさんくさ》そうに看板を見つめる陵に、説明をする。

「妃嬪達の要望に迅速に応えられるでしょ。それに、顔が見える仕事をしたいの」

「まぁ、頑張ろうか」と今一つやる気のなさそうな掛け声をくれた陵を引き連れ、昼下がりに私は勇んで妃嬪相手の講義に挑んだ。

「って言っても。——これ、明らかに誰も真剣じゃないわよね……」

妃嬪が集められたのは、後宮の北側に位置する禁苑《きんえん》の中の、大きな東屋《あずまや》だった。

鳥達が囀《さえず》り、蝶《ちょう》が舞い、薄紅色の芍薬《しゃくやく》が咲き誇り美しい。

皇帝の命を受けて副総管が場所を決め、手伝いを買って出た美雨と設営に励んでくれたらしい。ありがたいことだ。

東屋から少し離れた大きな灯籠の陰で、副総管が何やら美雨に話しかけている。距離があるので聞こえないが、設営を労《ねぎら》っているのだろう。美雨が頬を薄紅色に染め、恥じらうように頷《うなず》いている。男のいない後宮においては、美形の宦官に褒められれば天にも舞う気持ちになるのかもしれない。

(でも……この東屋は講義の場としては、ちょっと、というかかなり相応《ふさわ》しくないと思うんだけど……)

これは講義会場ではなくて、むしろお茶会場じゃないのか。

色とりどりの衣に身を包んだ美女達が東屋の席に一同に集うのは、豪華な絵巻物を眺めるようで圧巻だった。

出仕以来彼女達の女官とは顔を合わせ名前は聞いていたが、直接会うのは初めてだ。

「ご覧になってぇ、貴妃様。鶯《うぐいす》が二羽《わ》、枝の上で羽繕いをしていますわ」

「まぁ愛らしいこと」

妃嬪達は私達が到着すると、既に風流な茶会を催し始めていた。

皆に配る資料を準備してきたのに、机上には茶菓子が広げられこれでは置く場所がない。

巻物を抱えた私が東屋に近づくと、妃嬪達は私を見るなり一斉に騒《ざわ》ついた。

一番奥の席に座っている、真紅の生地に金色の刺繍《ししゅう》が施された非常に絢爛《けんらん》な衣装を着ているのは、席次からして貴妃だろう。

目が大きく少し吊《つ》り目がちで、とても気が強そうだ。真っ赤な口紅が非常に目を引く。艶のある美人だったが、私を認めるや、彼女は眉間に皺《しわ》を寄せて袖で口元を隠した。

「おお嫌だ。陛下が金瞳の金庫番を雇ったというのは、本当だったのね」

同じく、妃嬪達が眉を顰《ひそ》めて私の目を見てざわつく。

貴妃の隣に座っている取り巻きらしき妃嬪の一人が、意地悪そうな含み笑いを浮かべて、口を開く。

「宦官みたいに黒い衣を着て。おまけにあの光る目といったら。まるで黒猫のよう」

ここでほとんどの妃嬪達が大爆笑する。貴妃が上機嫌で合いの手を打つ。

「上手《うま》いこと言うじゃないの。そう言えば後宮にたまに野良猫が忍び込んでくるけれど、あれと目の色がそっくりだわ。早いうちにまとめて駆除させねばね」

向けられるあからさまな悪意を気にせず、東屋に上がる。

「お初にお目もじ仕《つかまつ》ります。主計官の蔡月花と申します。本日は宮廷費の財政状況に関して、皆様に知っていただきたいことがあり、お集まりいただ……」

「ちょっと、私の茶がもうないわ。誰か早く持ってきなさいな」

「紋白蝶《もんしろちょう》が、徳妃様の簪《かんざし》に止まってますわ！　なんて綺麗《きれい》なのぉ。誰か絵師を呼んできて！」

ちっとも聞いていない。

「淑妃様、この桃饅頭《まんじゅう》を召し上がってください！　とっても美味ですわ」

ハッと見回す。子どもの頃に何度か遊んだ、蘭玲の面影を探しながら集った妃嬪の顔を追うと、淑妃はすぐに見つかった。

（あの頃より――私の覚えていた蘭玲よりずっと、洗練されて綺麗だわ……）

淑妃は相変わらず色白で甘さのある可愛《かわい》らしい瞳をしていて、けれどすっかり磨き上げられた美女になっていた。

凛《りん》とした貴妃とは、また違った美の持ち主だ。貴妃よりは華奢《きゃしゃ》で儚《はかな》げに見える。

逞《たく》しく談笑に盛り上がる妃嬪達にがっかりして溜《た》め息をついた直後、貴妃の近くに座っている愛琳と目が合った。見知った顔を発見して安心すると、彼女もニッコリと笑って小さく袖を振ってくれる。

集まった二十人ほどの上級妃嬪のうち、真面目に顔を上げているのは、半分ほどだった。

貴妃は餅菓子を口に運びながら、意外にも視線は私に向けている。

妃嬪達に見えるよう巻物を広げて陵に両手で持たせると、家から持ってきた筆入れを開いて筆を出す。

親指を筆に彫られた模様部分の凹凸にそっと載せる。筆は自宅に何本もあったが、これは虎の模様が彫られているので、なんとなく選んで持ってきてしまった。

(黒猫じゃなくて、虎のような勇気が欲しい……)

顔を上げると、私は大きな声を出した。

「皆さんは、倒産寸前の織物店の従業員です！」

東屋は静まり返った。鶯《うぐいす》が飛び立った小さな羽ばたきの音が、聞こえる。

この講義の目的は妃嬪達に財政教育を施し、浪費癖を自覚させることだ。

一身に注目を集めることに成功した私は、宮廷費の出納を織物店経営にたとえて、後宮の赤字ぶりを分かりやすく話そうとした。

まずは蔡織物店の決算書を簡略化したものを見せる。こうして視覚に訴えた方が、理解し易《やす》い。

「決算書というのは、商いの状況や店の状態を知るためにあります」

妃嬪達は相変わらず固まっている。瞬きまで止めている。

「この蔡織物店の決算書をご覧ください。この店はどれくらい利益を出しているでしょう？　右から順に読んでいきます。まずは商品の売り上げ高から仕入れ値、運送費、人件費、家賃などを引くと、儲《もう》けが分かります」

ちらりと巻物から目を離し、妃嬪達の反応を確認する。早くも二人ほど、舟を漕《こ》いでいる。早いよ、早過ぎる。

「この数字だけでは、まだ正確な経営状態は見えません。他にも外に預けているお金に対して発生した金利や、借りているお金に対して支払った金利等を足し引きし、商売だけでなく運営面も加味した数字を出します」

この数字から税金が計算され、蔡織物店は国に商税を納付している。そしてそれは柏尚書の戸部が管理する。

税金を払った残りが、店の純利益だ。

すると愛琳が感心したように手をポン、と叩《たた》く。

「凄《すご》いわ。蔡織物店は儲かっているのね」

構造が分かってもらえたところで、後宮を織物店にたとえる。

後宮での支出は妃嬪達への俸給、宮の簡易な工事や維持費、それに儀式や茶会などの開催費用などがある。

「決算書を見れば、危ない店の見分けができます。伸びる商売というのは、増収になっていて利益率が高く、かつ借金が少ないのです」

もはや話を聞いているのは、半数以下だ。よく見れば二人、見当たらない。一体どこに行ったのかと素早く見渡せば、庭園で花を摘み始めている。いつの間に。自由だな。

ここで貴妃が不機嫌そうに口を挟んだ。

「それなら、後宮には何の問題もないじゃないの。借金などないし」

どうやら陵が持つ巻物をちゃんと見てくれているらしい。

「貴妃様。それが大ありなのです。現在、後宮は現金収入の大半を戸部に頼っています」

戸部と内務府は別の財源を持っている。もともと内務府は自らの財源の中で宮廷費を賄っていた。諸外国からの献上品や、皇帝所有の荘園《しょうえん》が主な財源だ。

ところが近年、後宮の支出規模が増大し、戸部への依存度を増しているのだ。つまり、金が足りなくなって、戸部の財布に手を出している。

柏尚書が言いたいのは、「これ以上、内務府に金を回したくない」ということだ。

「もはや後宮はいわば戸部からの多額の援助なければ、潰れている店と同じなのです。皆様、どうか後宮のお財布を立て直すために、ご協力をお願いします」

妃嬪達は静まり返った。私の発言内容が怖くなったのか、陵の手が微《かす》かに震えだし、無言で巻物を下ろすと閉め始める。

ガチャン、と激しい音を立てて貴妃が茶器を机上に置く。それに反応して、ビクリと周囲にいる妃嬪達が一瞬震え上がった。貴妃は日頃から妃嬪達に恐れられているのだろう。

貴妃が大きくキツい、黒曜石のように黒い瞳を私に向ける。物凄《すご》い目力で、あまりの圧に思わず一歩後ずさってしまう。

「おお口うるさいこと。金、金と品のない。私達は美しく着飾り、後宮を陛下が常に居心地良い空間にしておくことが、務めだというのに。それに銭は使ってこそ価値があるのよ。天下の回りものにしてこそ、皆が潤うというもの」

ごもっともだが、一部の間だけで回しているようでは、意味がない。不要なところで過剰に費やしてしまうと、必要な部分に行き渡らなくなる。

すると淑妃が愛らしく小首を傾けた。

「蔡主計官は、具体的にどうしたらいいと言うの？」

「まずは後宮資産を正確に把握するため、皆様の宮に今後、監査に入りたいと思います」

はぁぁ!? と一斉に不満の声が上がる。それを宥《なだ》めるべく、急いで妥協案を付け足す。

「予《あらかじ》め日程はお知らせします。全部で七日ほどかけまして、監査自体は各宮一刻以内に終わらせますのでお手はなるべく煩わせません」

実際のところ、監査の目的は不正な備蓄がないか調べることだ。事前通告なしの立ち入りよりは効果が落ちるが、かといって敵対的な関係を築きたいわけではない。

愛琳はきょとんとしているが、淑妃は困惑顔だ。あからさまに不機嫌なのは、貴妃とその取り巻きのようだった。


翌朝、私は早起きすると宮城の開門とともに飛び込み、後宮の草毟《くさむし》りを始めた。

ここ数日天気が良い《い》せいか、区画を仕切る塀の足元で雑草が伸び放題になっていた。現在誰も住んでいないからか、春景宮《しゅんけいきゅう》の周辺は特に酷《ひど》い。

後宮には「草毟り担当官」がいるわけではない。見苦しくなってきた頃合いを見て、別の仕事をしている下級女官達に命じて集め、草毟りをさせるのだ。

（家も近いし、だったら私が少しずつやってしまおう。後宮をウロつけるいい機会だし）

伸び切る前に抜いてしまえば、それほど重労働ではない。

まずは私にできる、手近な仕事から始めよう。その上これなら後宮の中を回りつつ、警戒されずに観察することができる。

麻の手袋を嵌《は》めた両手でブチブチと雑草を引き抜きながら、借りてきた台車に放り込む。

抜いた雑草というものは意外にも結構な体積があり、台車がまもなくいっぱいになる頃。

不意に背後で黄色い声がした。

「嫌だわ、道端で丸くなって。黒猫かと思ったわ」

振り返ると道の先から、六人の女性が歩いてくるところだった。なぜか皆、手に茶杯を持っている。愛琳もいて、どうやら三人の妃嬪《ひひん》が一人ずつ女官を連れて歩いていたようだ。

愛琳は目を丸くして驚いた。

「月花さん!?　朝から何をしているの？」

手を止めて、額に滲《にじ》み出ている汗を甲で拭う。目の前に掲げた手からは、微かに土の匂いがする。

「草が見苦しいので、今のうちに抜いておこうかと思いまして」

「そんなのは別の女官にやらせれば良いのに！　春景宮は亡霊もいるらしいし、貴族のあなたが賤《いや》しい仕事をするのは、いけないわ」

「亡霊は分かりませんが、やってみると意外とハマりますよ。根本から抜けると、爽快です。綺麗にできて、一石二鳥です」

「そ、そう……？」

「皆様も、朝がお早いんですね」

ちらりと彼女達の手の中の茶杯を見やると、愛琳はにっこりと笑った。

「庭園の茉莉花《ジャスミン》の葉につく、朝露を集めていたの。これで茉莉花茶を淹《い》れると、格別なのですって。陛下に差し上げるのよ」

素敵でしょう！　と茶杯を傾けて、愛琳が中に溜まった僅《わず》かな水を披露する。

彼女達が朝靄《もや》の庭園で、葉についた露の一滴一滴を懸命に集める姿を想像してみる。

(な、なんていう手間なの……。理解し難い――！)

充足感に溢《あふ》れた顔で去っていく彼女達と、自分の圧倒的な価値観の違いに、慄《おのの》くほかない。

抜いた雑草を外朝まで捨てに行き、出張所の自席に戻ると私は早速朝露の話を陵にした。

すると陵は思いもよらないことを話した。

「健気《けなげ》だよなぁ。修媛《しゅうえん》の安愛琳は」

修媛は後宮の階級では四夫人に次ぐ九嬪《きゅうひん》の一人で、後宮に入ったばかりとはいえ、上級妃嬪だった。通常は下級妃嬪から上がっていくことを考えれば、安家の力のお陰だろう。

「後宮に入ったばかりだから、頑張ってるのね」

「いつまで続くかな。……安修媛は、まだ一度も陛下の閨《ねや》に呼ばれたこともないからなぁ」

急に出た生々しい話題に、思わず手の中の巻物を取り落とす。

「な、なんで知っているの？」

「それが僕ら宦官《かんがん》にとって、後宮で一番重要な情報だからさ。誰が夜伽《よとぎ》をするかは、陛下の晩餐《ばんさん》の時間に決まるんだ」

座ったまま固まっている私の隣で、陵はとうとうと続けた。

皇帝の食事が終わる頃を見計らい、敬事房の宦官は銀の盆に縁が緑色に染められた十本ほどの細長い名札を並べ、膝を突いて差し出すのだという。

「名札は陛下お気に入りの妃嬪の分しか作られていない。最もお気に入りの数枚分は、縁が緑じゃなく金色なんだ。いつも金色なのは、今は淑妃様だね」

皇帝はその一枚を選び、裏返して盆に戻す。そして選ばれた妃嬪が、皇帝の寝所に運ばれるらしい。

「ちょっと待って。運ばれるって、何？」

言い方が気になり、尋ねると陵はニヤリと笑った。

「知らなかった？　皇后以外の女は、文字通り皇帝のもとに運ばれる。素っ裸《すっぱだか》にして羽毛で作った衣を着せて、敬事房の宦官が寝所まで担いでいくのさ」

嘘《うそ》のような本当の話だった。その後はしばらくの間、何を読んでも聞いても、内容が頭に入ってこなかった。


毎朝早朝に草毟りをしていると、様々な発見があった。

上級妃嬪達は朝が早いことや、皆それぞれ取り巻き達がいること。その上で、大半の女性達は貴妃のご機嫌取りに必死らしい。朝の散歩には貴妃の周りにゾロゾロと他の妃嬪達がついていた。

爽やかに草毟りをしていると、一人で黙々と刈る私がよほど珍しいのか、毎朝妃嬪達が見物にきた。

最初は遠巻きに眺め、指を差して嘲笑しに来ているらしき妃嬪達だったが、一週間経《た》つ頃にはやや呆《あき》れた表情で眺めてくるようになった。

ある日、ぐずる公主をあやしに美雨と散歩に来たのか、幼《おさ》な子を抱いた淑妃が私に近づいてきた。瑞々《みずみず》しい青竹色の襦裙《じゅくん》が、朝日に映えて美しい。

「あなた、蔡家の月花よね？　私達、子どもの頃に遊んだことがあるのだけれど。私のこと、覚えている？」

淑妃も私のことを覚えてくれていたことに、嬉《うれ》しくなって自然と笑みが溢《こぼ》れる。手を止めて、粽《ちまき》の恩を思い出しながら心から頭を下げる。

「もちろん、覚えております。お久しぶりです、淑妃様。——公主様にも、お会いできて光栄です」

公主に礼を取ると、淑妃は我が子の頭を撫《な》でた。

公主が円《つぶら》な瞳を、私に向ける。御年二歳だという公主は、淑妃に似て綺麗《きれい》な顔立ちをしているが、鼻を啜《すす》って袖口で鼻水を拭っていた。

「公主様、お風邪でいらっしゃいますか？」

私が尋ねると淑妃は少し悲しげな微笑を浮かべた。

「ええ。この子はあまり体が丈夫ではなくて。涼しい朝のうちに、散歩をしているの」

確かに顔色はあまりよくなく、淑妃の肩に回した腕も華奢《きゃしゃ》なようだ。

淑妃が眦《まなじり》を下げ、物悲しそうに公主の額に口付ける。

「高熱を出すたびに、陛下にもご心配をおかけしてしまって。私が健康に産んであげられなかったせいで、この子には本当に申し訳ないわ」

公主は首から大きなお守り袋を下げていた。表には、六本の角を持つ長毛の牛のような生き物が刺繍《ししゅう》されている。

病魔退散に効くという伝説の神獣、白澤《はくたく》だろう。淑妃の子への愛情がひしひしと伝わり、胸がじんと熱くなる。

八年前に呂家を出て行った少女は、いまや大雅国皇帝に一番愛される女性となり、立派な母となっている。

共に遊んだあの頃の蘭玲はもういない、という気がしてほんの少し、寂しさを覚える。

母になるとは、一体どんな感じなのだろう。

淑妃は美雨に公主を渡すと、私を見下ろして小首を傾《かし》げた。

「大きくなって厄介になる前に、摘んでおくに越したことはないものね。でもなぜ主計官のあなたが、草毟りなどするの？　後宮中の噂《うわさ》になっていてよ」

「草毟りは、やれる人がやればいいと思うのです。それに、私はここを荒らしに来たのではないと、皆様に知っていただきたくて」

すると淑妃は柔らかな笑みを見せた。

それは春の花が綻《ほころ》ぶように温かで、思考まで引き込まれそうなほど綺麗な笑顔だった。

草毟りも半月続けると、目に見えて成果が出る。いつも通る道がすっきりと綺麗になったことに、我ながら達成感でいっぱいになる。

何事も地道にコツコツ取り組んでみるものだ。そろそろ草毟りの日課を一旦終えようか、と考えごとをしながら歩いていた、そんな矢先。

台車いっぱいになった雑草を捨てに朱明門を通り、いつものように後宮から外朝へと出て、角を曲がったところで、押していた台車を何かにぶつけてしまった。

鈍い音とともに手に衝撃が伝わり、積んでいた雑草がパラパラと地面に落ちる。何やら大きな物体が曲がり角に転がっていたようだ。

一体何にぶつかったのか、と台車の前に飛び出た私は、己の目を疑った。

肩を摩《さす》ってしゃがみこみ、呻《うめ》いているのは柏尚書だった。

「申し訳ありません！　だ、大丈夫ですかっ⁉　どうしてここに」

視線を落とせば、その足元には引っこ抜かれたらしき雑草が束になって積まれている。

まさか戸部の尚書ともあろう人物が、私の真似《まね》をして雑草取りを？

柏尚書は雑草の束を両手で摑《つか》み上げ、私の台車の上に載せるとまだ少し顔を痛みに歪《ゆが》めたまま、口を開いた。

「ぶつけたのが私で何よりだ。万が一皇帝陛下だったら、明日にはきっと君の首と胴が離れている」

「うっ……。気をつけます」

私達が会うのは、秀女選抜以来だ。柏尚書は私の正面に立つと、少しずれてしまっていた自分の頭上の冠の位置を直しながら、やや気まずそうに言った。

「陛下の御前では、見知らぬ者のようなフリをして、すまなかった」

「いいえ。こ、こちらこそ、秀女選抜に急に出ることになって――。その、柏尚書はなぜここに？」

「せっかく見つけた主計官が草毟《くさむし》りなど始めたというから、引っこ抜いて外朝に連れ戻そうと思ってね。でも待ちくたびれて、つい目立つ雑草を毟ってしまった」

「ひ、引っこ抜く……？」

「やってみて分かったよ。草毟りも、考えがあってのことなんだと。お陰様で、新たな発見があった。しゃがんで雑草を取っていると、不思議なことに誰も私を尚書だとは思わないようだった。周りが私の存在を意識しないから、いつもとは違う景色が見られたな」

そこまで言うと、柏尚書は内緒話をするように、腰を屈《かが》めて顔を私に寄せた。身長差のせいで、私に覆《おお》い被《かぶ》さるような体勢になり、どきんと心臓が跳ね上がる。思わず台車の外枠を、右手でギュッと掴む。

柏尚書はちらりと一瞬だけ、曲がり角の向こうに焦点を移した。

「朱明門に今立っているあの門番達は、勤務態度があまり宜《よろ》しくない。早晩、首にすべきだ。二人ともずっと指の皮ばかり剝《む》いていた」

「指の皮がよほど厚いんですね」

軽やかに笑った柏尚書の上半身が揺れる。心地よい笑い声と彼の大きな影の中にいることが、ざわざわと五感を刺激して落ち着かない。

柏尚書は笑いを収めると、一転して真面目な顔で言った。

「内廷に出張所を作ったらしいね。後宮には厳格な上下関係がある。女官や宦官は、時として非常に軽く扱われるから、十分注意してくれ」

（あなたがそれを、言いますか……？）

「後宮は華やかな女の園に見えるけれど、次の巨大な権力を生み出す所だ。陰謀が渦巻いている限り、必ず闇がある。私は常々陛下にもご忠告申し上げているが、上からは見えないものも多いのだろう。とにかく、おかしなことがあったらすぐに報告してくれ」

「ご警告、痛み入ります。織物店から来た私には、分からないことがたくさんありますね。

そもそも私も決して、望んでここに来たわけではないのですが」

嫌みを交ぜて答えると、柏尚書は爽やかな笑顔で言った。

「本人の志望と適材適所は時として合致しないものだ。織物店に早く戻るためにも、手腕を発揮してくれ」

返事に困っていると、柏尚書は私の右手を摑んで台車からどけた。

「さぁ、お互いここで油を売ってる暇はないはずだ。宮廷費を、半分だ。私は一切、妥協しない」

「うぅ。わ、分かってます」

「念のため言っておくが、目標を達成しなければ、君をここから逃がすつもりはない」

き、厳しい。陵が言っていたことを、反芻《はんすう》してしまう。つい余計な一言が口から溢《こぼ》れる。

「──食堂でお会いした柏尚書は、とてもお優しい印象でしたのに。私は幻を見たんでしょうか」

すると柏尚書は首を傾けて私を見下ろすと、なぜか楽しげに口角を上げた。

「騙《だま》されたのは、お互い様だと思うがね」

返す言葉もない。

「でも私は君が淑《しと》やかな幻の蔡家の令嬢でいるより、今目の前にいる蔡主計官でいてくれる方がずっとありがたいよ」

「私は幻の柏尚書が、懐かしいです」

軽く苦情を入れると、柏尚書は朗らかに笑った。

「期待に添えなくて残念だが、どちらも本当の私でね」

「そのようですね。……し、仕事に戻ります」

柏尚書は満足げに頷《うなず》くと、「お疲れ様」と労《ねぎら》いの言葉を残して台車の押し手を握った。

そのまま背を向けて台車をゴロゴロと押していく。私が押していた時とは違い、台車は素晴らしい速度で進む。

風に靡《なび》く黒髪と、皺《しわ》一つない袍《ほう》を纏《まと》う大きな背中を、しばし呆《ほう》けたように見てしまった後で、お礼を言い忘れたことに気がつく。大声で礼を叫ぶと、柏尚書は背を向けたまま、左手をさっと上げてヒラヒラと振って応えた。


宣言しておいた監査が、いよいよ始まる朝。

普段は適当に半分だけ括《くく》っている髪を、今日は気合を入れて全て纏《まと》め上げてきた。

動きやすい短めの裳《も》を穿《は》き、自宅から皇城に入り朱明門に辿《たど》り着くと、そこには意外な人物がいた。柏尚書が立っていたのだ。

彼は門の近くの塀に寄りかかり、私を見つけると掌《てのひら》ほどの大きさの木箱を手渡してきた。開けてみると、小さくて鮮やかな朱色が目に飛び込んでくる。

「朱墨を使ってくれ。色々と記録を取るなら、黒と朱の二色を使い分けると便利だ」

「なるほど！　助かります。一週間、大事に使います！」

「監査は一度きりだから、見落としはなしだ。やり直しは許されない」

親切なのか、厳しいのか。礼をいう顔が引き攣《つ》る。

柏尚書からの思わぬ支援を受け、私は記録用に使う巻物を抱えて陵とともに、妃嬪《ひひん》達の宮に次々とお邪魔した。

塀に囲まれた中庭付きの一つの宮を贅沢《ぜいたく》に与えられているのは、貴妃と淑妃だけである。それ以外の妃嬪達は、残りの大きな九つの宮に共同で居住している。宮にはそれぞれ中庭を挟んで、大きな正殿のほかに小ぶりの別殿があり、女官達はそこに住んでいる。

宮に立ち入り、調度品や内務府から貸与された宝飾品の数々を目録ごとに実物を確認していく。

愛琳のいる宮に入ると、彼女は私の後をずっと追いかけて、感心したように私が書き込んでいくことを観察していた。

「あらまぁ、おかしいわね。そこに書かれてる目録と、現状が違うのね！」

「はい。違うというか、行方不明のものが多いですね」

例えば貸与されているはずの黒豹《ひょう》の毛皮の敷物の所在を尋ねると、ある女官は季節じゃないので別殿にしまってある、と答えた。そのため別殿に立ち入ってみると、案の定そこにもなかった。挙句に出てきた答えは、「破れたから既に廃棄した」である。

「月花さんって本当に変わっているわね。秀女選抜にいたはずなのに、こんなことをしているなんて」

「ええ。それはもう、本当に……私自身が想像もつかないことになってますから」

すると愛琳は得意げに言った。

「面白そうだわ。後宮で一番豪華なのは貴妃様の宮だけれど、でも案外淑妃様の所も要注意かもしれないわ」

「どうしてそう思われるんです？」

「なぜって、淑妃様の女官の美雨は華副総管に色目を使っているからよ。私何度も見たもの。美人だからって、容姿を使って淑妃様の宮を優遇してもらっているに違いないわ！」

愛琳はつんと唇を尖《とが》らせ、小さな声で更に耳打ちしてきた。

「美雨って、もともと貴妃様の宮の女官だったのよ。でも貴妃様や香麗と折り合いが悪くて五年前に首にされて、途方に暮れているところを、お優しい淑妃様に拾ってもらったから、あの手この手と必死に淑妃様のご機嫌を取ってるのよ」

女官も後宮でなんとか生き抜くのに、必死なのだ。肥溜《こえだ》め桶洗いに落とされた私の母も、淑妃のような人がいてくれたら、どんなに助かったか。

「でもね、年季明けまで女官は恋愛ご法度だし、宦官《かんがん》の結婚は風紀を乱すという理由で禁止なんだから。そもそも副総管は皆の目の保養なのよ」

抜け駆けは狡《ずる》い、と言わんばかりに愛琳はふんと鼻を鳴らした。

「あとね、淑妃様の宮付きの宦官って、皆美形ばかりなの。そういうところも狡いでしょう？　こっちの宮の宦官と一人くらい、交換して欲しいくらいよ」

そんなところまで、見ているのか。とはいえ、愛琳の思い込みの可能性もあるので、話半分に聞いておく。

予告のお陰で監査は滞りなく進み、最終日になるとあと残るは貴妃の宮――永秀宮だけとなった。

そして、私は永秀宮の門を潜るなり、とんでもない洗礼を浴びた。

貴妃の宮の女官・香麗が、私に急須の中の茶をぶっかけてきたのである。

一瞬、自分に何が起きたのか全く分からなかった。目の前に突然女官が現れたかと思うと、顔面めがけて茶が飛んできたのだ。咄嗟《とっさ》に息を止めたが、それでも少量の茶を鼻から吸ってしまい、鼻の奥がキンと痛む。

目を開けると顔からボタボタと水滴が落ち、胸元がびしょ濡《ぬ》れになっている。わけが分からず、額から口まで手を滑らせ、その温《ぬる》い液体を払い落とす。

門の前で私が棒立ちになっていると、陵が驚愕《きょうがく》に震える声を上げた。

「なっ、何をなさるんです！　こんなこと……」

すると香麗は高笑いした。

「ごめんなさいねぇ。野良猫と見間違えたわ。黒くて目が金色なんですものぉ」

永秀宮の門の番をしている宦官達まで、笑っている。身も心も、完全に貴妃の配下にあるのだろう。

陵は香麗をキッと睨《にら》みつつ、私に手巾を差し出した。

「これで拭いてくれ」

「ありがとう。でも持っているから大丈夫よ。――こ、こんなのって、信じられないわ」

「本当に。なんて酷《ひど》いことをするんだ」

「――これ、龍井茶《ロンジン》なのよ」

キョトンと目を瞬《まばた》く陵に、私は石畳の上に落ちている茶葉を指差した。

「あの細くて平たい、長い茶葉が見えるでしょう。加えてこの芳醇《ほうじゅん》な香り。後宮で買っているのは、特級品の龍井茶よ。なんて勿体《もったい》ない。ちゃんと色のついた茶を浴びるほど飲んでみたい、と思ったことがあるけど、まさか現実になるなんて」

「あ? ああ、そうだね。こんなこと本当にする奴がいるなんて。僕が先頭に立てば良かったよ」

どうだろう。後ろにいても、私が茶を浴びる結末は変わらなかった気がする。

「一旦戻ろうか? 仕切り直した方がいい?」

気遣いは不要だ。なぜなら、私の闘志と戦意はむしろ高まったから。

「大丈夫。時は金なり、よ。着替えてきたりしたら時間がもったいないから、行きましょう」

手持ちの手巾で顔を拭き終わると、早速中庭の前に鎮座する巨大な陶器の甕《かめ》を確認する。

甕の中には水が張られ、金魚達が尾ひれを靡かせて優雅に泳いでいる。

記録によれば、これは縁に翡翠《ひすい》や瑪瑙《めのう》が埋め込まれた甕だったはずだが、それらしき石が見当たらない。代わりに丸い空洞が所々にあり、盗まれたのだろうと察せられる。巻物に筆を走らせて現状を書き込んでいると、香麗が苛立《いらだ》った声で話しかけてきた。

「その金魚がなんだっていうのよ」

「甕の丸い穴部分には、貴石が埋め込まれていたはずなんです」

「知らないわよ。貴妃様とこの宮に来た時には、すでにこういう状態だったんだから。先代の妃嬪達にでも聞いてよね」

確かに甕は二十年近くここにあるらしいので、貴妃ばかり疑うわけにはいかない。管理が杜撰《ずさん》なのは、元を辿れば人のお金だからだろう。

中庭を縦断し正殿の中に乗り込むと、洒落《しゃれ》た円形の入り口をくぐった瞬間、目の前に突如貴妃が現れた。刹那、彼女の右手が勢いよく動き、既視感にまさかと思った直後。

私は二度目の茶の洗礼を浴びた。

「ぅわっ!!　な、な……」

私の代わりに陵が驚きの声をあげ、ワナワナと震えている。

顔面を濡らして伝い落ちる茶が唇の隙間から入り、舌先に触れた深みある渋みと、華やかな香りに私は顔を顰《しか》めた。

「——茉莉花茶《ジャスミン》だわ」

「ほほほ。さすが黒猫金庫番は、鼻が利くじゃないの。でも惜しいわ。特級の茉莉花茶よ」

鈴が鳴るように笑うと、貴妃は部屋の奥の椅子にどっかりと腰掛け、急須をそばにいた宦官に向かって放った。宦官が慌てて手を伸ばし、なんとか受けとる。

貴妃は今日も赤い衣を纏っており、彼女の気の強そうな瞳をさらに強そうに見せていた。艶のある髪は一本の後れ毛もなく丁寧にまとめ上げられており、ツンと顔を逸《そ》らす動きに合わせて、頭上の金の歩揺《ほよう》が光を残してシャラシャラと輝く。

後宮の妃嬪達に提供される茶葉は、どの銘柄も高価なものばかりだ。こんな使い方をするなんて、言語道断だ。

(なんたる無駄遣い。一杯だけで十五銭もするのに。これで醬油《しょうゆ》が何本買えると思っているのかしら)

「さぁ、さっさと終わらせてちょうだい。いつまでも永秀宮をうろちょろしないで」

香麗は煩《うるさ》い蠅《はえ》でも追い払うかのように、手を外側に向けてシッシと払った。

既に水分を吸い過ぎて重たい手巾で再度顔を拭いてから、正殿の中を見て回ることにする。

貴妃の宮はどこよりも絢爛《けんらん》だった。

ぶら下がる緞子《どんす》は新品のように鮮やかで、室内に置かれているのは紫檀《したん》の飾り台や繊細な彫刻の香炉といった、目を見張る逸品ばかり。壁にかけられているのは、遠い異国の風景を切り取ったような、西の交易路を渡ってきた稀少《きしょう》な絵画だ。西の国々には、これほど色鮮やかな墨汁があるとは。

貴妃の宮の一室を借り、記録を残していく。

監査と一通りの作業が終わると、私は筆をしまい、他の部屋にいるこの宮の女官や宦官達に聞かれぬよう、小声で陵に話しかけた。

「どこの宮も、同じようなものね。捨てたなんて言ってるけど、多分実際は妃嬪達が横流ししているのよね。売り払ったのか、実家にでも横流ししたのかは分からないけど」

そして貯《た》めた金は、何に使うのか。すると陵は口元を歪《ゆが》めて囁《ささや》いた。

「後宮で働く者達の買収だろ。――妃嬪も這《は》い上がれなければ、宮城の奴婢《ぬひ》みたいなもんだからな」

「――名札を載せる敬事房の宦官も、買収できるのかしら……？」

陵は目を見開くと、その後で苦笑し、細い肩を竦《すく》めた。

「君さ、もし妃嬪に選ばれていたらきっと皇后になれたよ」

「その時はあなたが総管ね」と言い返すと、陵は屈託なく笑った。

「皇后と総管が手を組めば、無敵だね。後宮を手に入れるようなもんだ」

釣られて私も笑ったが、すぐに怖くなった。

多分、このような会話が後宮では、あちこちの宮でされている。そんな気がした。

永秀宮を後にする前に、挨拶をするために貴妃の下に戻ると、彼女は香麗と囲碁を打っていた。

白檀《びゃくだん》製の碁盤に象牙の碁石が置かれ、カチンと硬質な音が響く。青地の絨毯《じゅうたん》には蓮《はす》の模様が描かれ、貴妃の座る椅子は丁度蓮の上に位置していたので、まるで彼女が池に咲く花の上に座っているように見える。貴妃はあらゆる意味で、別世界の住人だった。

椅子の上でふんぞり返る貴妃の前で、陵と二人で膝を突き、監査への協力に対する礼を丁寧に述べる。

貴妃は隣に控える宦官に声をかけた。

「この宮の広い中庭を見たでしょう？　池を造るよう、この黒猫金庫番に言いなさい」

私は目の前にいるのに、なぜわざわざ宦官を通すのか。私とは直接言葉を交わしたくないらしい。

宦官は幅の広い袖を靡《なび》かせ、鬱陶しそうに私に手を振る。

「蔡主計官、永秀宮に池を造営するよう、貴妃様が仰せです」

この大雅国の後宮では、工事や行事で後宮に多額の予算が必要になると、まず妃嬪《ひひん》達は皇后にお伺いを立てる。だが現在、まだ皇后が冊立されていないため、現在は最上位の貴妃がその役割を果たしている。

貴妃は彼女達の要望を取りまとめ、時に却下し内務府に伝える。こうして彼女はより権力を持ち、妃嬪達のために広大な庭園や離宮を造らせてきたのだ。

貴妃は目の前にいるのに馬鹿げているが、宦官の方を向いて答える。

「申し上げにくいのですが、今後臨時の請求のうち高額な予算を使う案件については、内務府で厳しく是非を問うつもりです。私の出張所にて要求者ご本人から企画内容と必要性の説明をしていただき、その上で内務府が予算をつけるかを判断致します」

説明すると宦官はやけに手短に貴妃に伝言をした。

「池の造営は却下だそうです」

なんでそうなる。結果は同じかもしれないけれど、過程を省くと印象は大違いじゃないか。

「内務府の台所事情は、逼迫《ひっぱく》しております。どうかご協力を」

貴妃は私とは目も合わさず、両眉を上げただけだった。

そうして最後の宮の監査を終え、正殿の階段を降りて石畳に足をつけた瞬間。私は香麗から声を掛けられた。

「忘れ物よ」

陵と二人で振り返ると、私だけが顔面に茶を浴びた。

咄嗟に腕を左右に広げて避けるも、抱えていた巻物が少し濡れてしまう。

睫毛《まつげ》に載る水滴を指先で払って見上げると、香麗は艶然と笑った。

「貴妃様の大好物は、この祁門茶《キームン》なの。蘭《らん》のような芳香と深みある味わいは、他にないわ。日常的な嗜好《しこう》品の節約までは、させないわよ」

飲んだことはないが初めて浴びた祁門茶の濃厚な香りに驚きつつ、確信した。淑妃の女官の美雨は、この香麗らと折り合いが悪かったというが、上手《うま》くいく方が奇跡だ。

私は怒りを胸の奥に押し込め、抑揚を抑えて答えた。

「――勿論《もちろん》です。定期請求まで口を挟むつもりは、ございません」

香麗は急須を近くの宦官《かんがん》に放ると、勝ち誇ったように背を向けて宮の中に戻っていく。

今度こそ陵に手巾を借りると、顔を拭きながら永秀宮の門をくぐる。

「本当に酷い宮だな！　僕達への宣戦布告のつもりか？」

陵は握り締めた拳をワナワナと震わせ、顔に青筋を立てていた。

内務府に戻ると、土砂降りにでもあったように濡れた私を見て、職員達がざわつく。私を指差して何やら話し合っているが、目が合うなり押し黙って急いで目を逸らされる。関わらぬが吉、とでも思われているのだろう。

改めて後宮で使われる茶葉の価格を調べると、目玉が飛び出るほど高額な茶葉を湯水のように消費していた。しかもどこの宮も同じようなもので、異国渡りの茶葉を始めとして、多種多様な特級茶葉が飲まれていた。

ちなみに貴妃に掛けられた特級茉莉花茶は、一杯十五銭どころか五十銭だった。

ついに怒りを爆発させる。

「こんなに高いお茶を、勿体ない。……一銭を笑うものは、一銭に泣くのよ！」

私の叫び声が、後宮中にこだました。

監査が終わると、帰宅の途上で外朝にある戸部に立ち寄った。

内務府で下級女官の制服である白い襦裙《じゅくん》を借りて着替えたからか、殿舎に上がった時点で数人の官吏達に「無礼者」と叱責されて止められかけたが、彼らは私の目の色を見て、ギョッとして手を離した。

「柏尚書はいらっしゃいますか？　主計官の蔡月花です」

「ああ、噂《うわさ》の黒猫金庫番か！」

噂になっているのか。

官吏達が感心したように私を見て何度も頷《うなず》き、一人が駆け出して殿舎に飛び込んでいく。

柏尚書に伝えに行ってくれたのだろう。

「しかし、黒い襦裙を着ていないじゃないか。白猫とは聞いていないぞ」

「蔡家のご令嬢だというのは、本当ですか？」

官吏達の質問攻めにあっていると、彼らは急に顔色を変えて私に頭を下げ、後ずさって距離を取った。殿舎の中から柏尚書が出てきたのだ。

柏尚書は片手を振って周囲に集まっていた官吏達を追い払うと、私の襦裙を凝視し「なぜ、そんなものを？」と眉を顰めた。

「実は今日、永秀宮で三度、茶をぶっかけられまして。着替えを持ってきていなかったので借りたんです」

柏尚書の表情が途端に険しさを増す。

「貴妃の宮で、そんなことが？　どこかに火傷《やけど》は？」

「ご心配なく。絶妙に温《ぬる》かったので。これで無事全部の宮を見て回ることができました。妃嬪様達のお顔と名前もやっと一致して、良かったです」

「怪我《けが》がないなら、とりあえず良かった。全部の宮と言うと、もしや春景宮の中も？」

「春景宮は無人の宮なので、除外しました。塀沿いの雑草を綺麗《きれい》に取りましたけど」

「そうか。実はあの宮を最後に使っていたのは楊皇后でね。以来、誰も使っていないんだ」

「それじゃあ、三十二年も放置されているんですか？」

後宮のど真ん中にある宮を、そんなにも長いこと誰も使わなかったなんて。

「事故物件みたいなものだからね。処刑された皇后の住まいには、誰も住みたがらない」

「なるほど。春景宮には亡霊が出ると耳にしましたが、差し詰め楊皇后の亡霊でしたか」

「蛇や虫もたくさんすみついているだろう」

虫が飛び交う荒れた建物を想像して、鳥肌が立つ。

柏尚書は二の腕を擦《さす》る私をよそに、思いついたように言った。

「そうだな。この際、資産管理の一環として近いうちに君には春景宮も見にいってもらおう。戸部としても様子を把握しておかねば」

「で、でも色々すみついて……」

「それを気にしていては、主計官は務まらない。霊より、銭だ。そうだろう？」

（いえ、どちらかといえば蛇や虫が嫌なんですが）

引き攣《つ》る笑いを浮かべつつ頷いた後で、やっと何の用事で戸部を訪ねたのかを思い出す。

「——実は、朱墨をお返ししにきたんです」

携帯用の筆入れから使いかけの朱墨が入った小さな木箱を取り出すと、柏尚書に差し出す。すると彼は意表をつかれたように目を白黒させた。

「それは貸したのではなく、あげたものだよ。返す必要など、ないのに」

「本当にいいんですか？　後で前言撤回されても、返しませんよ？」

念を押すと柏尚書は少し呆《あき》れたように笑った。次いで私の筆入れを感慨深げに覗《のぞ》きこむ。

「君は物持ちがいいようだ。私が持っているより、大切に使ってくれるだろう」

持ってきたのが自分の使い込んだ古い筆ばかりで、流石《さすが》にきまりが悪い。

貴族官吏の前で禿《は》げた持ち物を晒《さら》すことが急にいたたまれなくなり、急いで朱墨をしまって蓋《ふた》を閉めようとすると、焦り過ぎて手元が滑り、筆入れを落としてしまった。

玉砂利の上にバラバラと散った筆を、慌てて掻《か》き集める。

柏尚書は無言で屈《かが》み、そのうちの一本を拾ってくれた。私が他の筆をしまっている間、黙って自分の手の中の筆をじっと見つめている。彼は筆に彫られた黄色の虎の絵を見ているようだった。古びて色が掠《かす》れており模様が分かりにくいからか、筆を少し傾けたり回したりしている。

「これは、猫か？」

「違います。虎ですよ！　古くて分かりにくいですけど」

筆を見つめたまま感心したような声で、柏尚書が「虎か！」と呟《つぶや》く。虎の筆をわざわざ持ってきて使っていることに気づかれてしまい、猛烈に恥ずかしい。

「あっ、あの私、寅《とら》年生まれなんです。だから、虎の筆を持っていまして。別に、柏尚書に虎の瞳と言ってもらったからって、舞い上がったつもりは決してないんです……！」

「虎の瞳……？」

純粋に驚いたような柏尚書の黒い瞳と瞳がぶつかり、しまったと思った。

（墓穴を掘ったわ。何も言われていないのに。余計なことを、言ってしまった――！）

これでは自分が舞い上がったのだと、白状しているようなものじゃないか。

「ああ、あの時の……」

柏尚書も自分の発言を思い出したのか、何度も頷きながら筆と私の顔の間で視線を往復させる。返してもらおうと、手を伸ばす。

「その筆は、今一番気に入って使っているんです。お、お返しください」

顔が熱くなり、自分が真っ赤になっているのを自覚しながら、そっと筆を引き取る。

チラリと目を上げると、なぜか柏尚書まで少し困ったような顔で、赤くなっていた。余計に恥ずかしくて、急いで筆入れの蓋を閉めた。

宮廷の物品が多数行方不明になっていることを報告すると、副総管はやたら艶のある長い睫毛を悩ましげに伏せ、歌うように柔らかな声を溜《た》め息と共に漏らした。

「陛下のお叱りを受けるのは間違いないね。管理の杜撰《ずさん》だった宮を全て処分すれば、後宮の全ての宮になりそうだ」

長年、見て見ぬふりをしてきたのだろう。今この殿舎で青ざめている一部の宦官達は、買収されたことがあるのかもしれない。固まっている彼らを視界の端に入れつつ、提案する。

「予防策として支給品の上限管理の徹底と、定期監査の導入をするべきだと思います」

「今後は横流しもできなくなるだろうね。よくやってくれた。ご苦労様」

次いで見せてくれた副総管の労《ねぎら》いの微笑たるや、壮絶に色気があった。愛琳が騒ぐのも、無理はないかもしれない。背後の棚に積まれた月餅すら、美貌を引き立てる背景と化している。

「けれどね、陛下にご報告申し上げるには、まだ一つだけ問題があるね」

副総管は報告書の上に書かれた、「春景宮」という三文字を見下ろし、考え込んだ。

目録にあるはずの貴重品をなくしていることについて、呆れたことに苦し紛れに「楊皇后の亡霊に盗まれた」と主張する女官達がいたのだ。

そんな馬鹿なと思うものの、副総管は眉間に陰を作り、広い内務府の殿舎で呟いた。

「こんなことを報告するわけにはいかない。実は戸部からも、春景宮の家屋の状態を調査してこいと言われていてね。一度、きちんと現状を見ておくべきだね。内務府も長年、放置してきたから」

戸部というより、柏尚書に決まってる。どうせ事故物件調査には、既に誰が行くかも決まっているのだ。

案の定、殿舎にいた皆の視線は、一箇所に集まった。――私と、陵に。

言うまでもなく、陵は不満タラタラだった。

防護のための頭巾を被《かぶ》り、手袋を嵌《は》め、蛇や虫対策に武器がわりにもなる虫取り網を持ち、内務府を出る。

通りすがりの女官や妃嬪《ひひん》達が、こちらを指差して何事かと話している。

「なんで僕達なんだよ！　っていうか、こうなると思ったよ！　だって藪《やぶ》をつついたのは、僕達だもんな。蛇も出るらしいからな。これぞまさに藪蛇か！」

「――なんか、ごめんね。私の世話係を命じられたばかりに、こんなドブ攫《さら》いみたいな真似《まね》を」

詫《わ》びると陵は飄々《ひょうひょう》と肩を竦《すく》めた。

「別に。僕、ここでつるむ奴もいなかったし。ずっと一人だったから、まぁ、ちょっとは相棒役を楽しんでるから。いいんだけどね」

頭巾で隠れている陵の横顔は、少し照れ臭そうに見える。陵の個人的な話を聞くのは、初めてだった。

宮城では普通、宦官《かんがん》に身の上話を聞いたりはしない。

男でも女でもない宦官という存在に、重い事情もなく身をやつす者はいない。貧困や宮刑など、おそらく壮絶な経験を潜《くぐ》り抜けて、彼らはここにいる。

「自分から進んで宦官になる奴もいるけどさ。僕らは男でも女でもない。人間でもない気さえすることがあるんだ」

「そんな……」

重い心情の告白に動揺していると、陵はへらっと悪戯《いたずら》っぽく笑った。

「知ってる？　僕達、宦官になるために体から取ったものを小瓶に入れて持ち歩いてるんだ。験宝《イエンパオ》ってのがあって、昇進の度に見せないといけないから。盗まれたら一大事なんだ」

「し、知らなかった。大変なのね」

「僕はさ、孤児だった子どもの頃に攫われて、売られてここに来たんだ。上昇志向もないし、養いたい実家もいない。でも副総管なんて、あの歳《とし》で夢のように出世して、親に御殿を建てているよ」

相槌《あいづち》に困って大人しくしていると、陵は続けた。

「僕はここで囚《とら》われて一生過ごすのかと腐ってたけど。でも、月花が来てから毎日凄《すご》く新鮮で楽しいよ。だからさ、悪いとか思う必要ないから」

「ありがとう。私もここに陵がいてくれて、本当に助かっているよ」

心からの礼を言うと、陵は「ヘッ」と声を漏らして両眉を大仰に上げ、鼻の下を拳で擦《こす》った。

こうして辿《たど》り着いた春景宮は、門を開けるのにすら苦労をした。

蝶番《ちょうつがい》が錆《さ》び付いており、陵と二人で渾身《こんしん》の力で押し開く。どうやら内側に溜まった土が障害になっていたようだ。

塀に囲まれ、今まで屋根しか見えていなかった建物がようやく視界に入ると、私と陵は絶句した。

「これは、荒れてるわ……。ここだけ別世界じゃないの」

他の宮と同じく、一見すると窓枠の繊細な彫刻や軒下の鮮やかな色で塗られた装飾は健在だった。それほど色も褪《あ》せていない。

だが、雨や日の当たる部分は塗料が大きく剝げ、欄干は部分的に割れたり朽ちかけたりしていた。

とりわけ軒下からぶら下がる灰色に薄汚れた重たげな長い布が、宮全体をみすぼらしくしている。あれはかつて、見事な刺繡《ししゅう》と房飾りがついた緞子《どんす》だったに違いない。

軒下からは更におびただしい蜘蛛《くも》の巣が張り巡らされ、宮を包む紗《しゃ》織りの布のよう。白く柔らかな布にすら見える蜘蛛の巣が、風に煽《あお》られてゆっくりと靡《なび》いている。まるで大きな手が私に向かっておいでおいでをしているようで、宮がかつての賑《にぎ》わいを寂しがっているのかもしれない、などと考えてしまう。

在りし日の姿を、思い浮かべてみる。——花壇に花が咲き誇り、貢ぎ物を持った宦官達が門に列をなし、女官達が欄干に腰掛けて二胡《にこ》を奏でる姿を。

だが窓に板が打ちつけられ、陰気な空気を纏《まと》う目の前の荒れた春景宮からは、なかなか難しい。

「もう、これは春景宮っていう名前自体に、無理があるわね」

「そうだなぁ。勿体《もったい》ないよな。こんな広い宮をさ」

正殿に辿り着くまでのわずかな道のりも、平坦《へいたん》ではない。石畳の隙間から雑草が伸び、白い石造りの花壇からは正体不明の植物が生長し過ぎて溢《あふ》れている。夏の日差しを浴びて、雑草だけは生き生きと緑が鮮やかだ。

足元に纏わりつく雑草を振り払い、予告なく顔にかかる蜘蛛の巣を剝ぎ取りながら正殿までどうにか進む。

正殿へと上がる階段は、踏むとギシギシと不気味な音を立て、気を抜いて強く踏んでしまうと、弱った段を踏み落としかねない。

扉に両手を押し付けると、悪戯心からニッと笑って陵に言う。

「中に、本当に楊皇后の亡霊がいたりして」

「じょ、冗談言わないでくれよ～」

扉は存外軽やかに開いた。

息を殺して、二人でほとんど同時に中に足を踏み入れた瞬間。ミャー、と突然背後で鳴き声が聞こえた。

「ギャーッ！」

余程の不意打ちだったのか、陵が絶叫しながら建物の中へと突進する。

「うわっ！　ここにも、蜘蛛の巣がっ!!」

すぐに仰《の》け反《ぞ》って立ち止まり、顔面にふわふわと張り付く蜘蛛の巣を、目に見えない敵と格闘でもするかのように両手で剝がしている。どうやら陵は本格的に亡霊に怯《おび》えていたらしい。

鳴き声の主を振り返ると、階段の下に何やらふわふわした小さな生き物がいた。

逆光でよく見えず、目を眇《すが》めながら近づくと猫だった。灰色の体毛に黒い縞《しま》模様が入った猫で、尾だけが濡羽《ぬれば》色をしている。毛並みはそれほど悪くないが、痩せている。

「猫か……。びっくりした。心臓が止まるかと思ったじゃないの」

手を伸ばして頭を撫《な》でてみても、嫌がる素振りはない。金色の大きな目で私を見上げ、おとなしくしている。私をじっと見つめたまま、「ニャー」となく姿が実に愛らしい。

手を引っ込めると、猫は足を進めて私の掌《てのひら》の下に頭を潜らせ、ふわふわとした頭を擦《こす》り付けてきた。

「見てよ。まるで、撫でて欲しいみたいじゃない?」

陵に声をかけると、彼はバツが悪そうに頭を掻《か》きながら下りてきて、隣に立った。

「猫は賢いからな。自分に危害を与える人間かどうか、わかるのかも。こいつ、たまに後宮で見る野良猫だよ。まさか春景宮を寝ぐらにしてたなんて知らなかったよ」

痩せていて体も小さい。大きな目で私達をひたと見上げ、ニャーニャーと懸命に鳴く姿が、まるで食べ物を強請《ねだ》っているようだ。

「ごめんね、何も持っていないの」

猫は私の足元を横切ると、正殿の中に入っていった。後を追いかけて、蜘蛛の巣を手で避けながら慎重に歩を進める。正殿の中はいくつかの部屋に分かれており、中は薄暗く埃《ほこり》っぽかった。どこから舞い込んできたのか、枯葉やら正体不明の紙屑《くず》が床に転がっているものの、大きな家具以外は運び出されていて、人が住んでいる形跡はない。

「まったく、亡霊なんて嘘《うそ》じゃないか。そんなもの、いやしない」

そう言ってから陵はチッと舌打ちすると、廊下の端に置かれていた華奢《きゃしゃ》な椅子に勢いよく腰掛けた。そのまま椅子は崩れるように壊れ、陵は床に尻餅をついた。今度は猫が驚いてその場で飛び上がる。

「嘘っ!!　大丈夫……!?」

「いって〜。なんだよこの椅子。脆《もろ》いなぁ。小枝製か？」

あちこちが劣化し出している宮の中に長居するのは、危険だ。

正殿を一周し、別殿も簡単に覗《のぞ》くと、私達は春景宮を後にした。猫はそこが自分の領分だと思っているのか、宮の敷地からは出てこようとせず、がたつく石畳みの上に立ったまま、ただ私達を見送る。

門を再び閉めて小さな猫だけを残していくのは、どうしても心残りだった。

翌日、私は自宅から猫が好きそうな小さな干し魚を持って、登城した。猫に食べさせるのだ。

匂いが漏れないように瓶に詰め、しっかりと両手で抱えて皇城を南北に貫く大路を進む。

官吏達が出勤する時間は大体同じなので、揃《そろ》いの袍《ほう》を着た男達がぞろぞろと歩いている中を、ちょこまかと縫うように進む。

（あ、まずいわ。あまり会いたくない人を見つけちゃった）

見知った長身の背中を発見し、避けるように路《みち》の端を俯《うつむ》きながら通り過ぎようとすると、期待虚《むな》しく、名を呼ばれてしまった。どうやら気づかれたらしい。

腕の中の瓶を隠しながら顔を上げると、片手を挙げて私に挨拶をする柏尚書と目が合った。

「おはよう、蔡主計官。この時間に会うとは。今日はいつもより早いんだな」

「おはようございます。早起きは三文の徳、と申しますから」

「なるほど。君のためにあるようなことわざだな」

さっさとこの邂逅《かいこう》を終わらせたくて前へ向き直るが、柏尚書は予測不可能な動きをする男だった。彼は追いかけてきて私と並ぶと、私の異様に早い歩調に合わせて一緒に歩き出したのだ。

「で、何を大事そうに抱えてるんだ？」

「ああ、これはちょっと。その」

まごつくと柏尚書は急に私の前に立ち、進路を妨害して私を止まらせた。

「もしや、どこかで醤油《しょうゆ》を拾ってきたので？」

柏尚書はいつぞやの馬車での私達の会話を、思い出したらしい。

「流石《さすが》に醤油を後宮に持ってきたりはしません」

「知らないかもしれないが、酒は宮中に持ち込み禁止なんだ。朱明門はとりわけ荷物の確認がうるさいから、取り上げられてしまうよ」

「い、いや、酒を後宮で仕事中に飲みたいとは思いませんし、そもそも酒は滅多に買いません。どうかご心配なく」

私達二人の組み合わせが人目を引くのか、気がつくと周囲の人々が足をとめ、こちらを見ている。衆目を浴びる居心地の悪さから早く解放されたい。仕方なく、瓶の蓋を開けて中身を柏尚書に見せる。

途端に強烈な魚臭さが瓶から立ち昇り、柏尚書が顔を傾けて中を覗き込む。

萎《しな》びた魚を見下ろす柏尚書の目が、点になっている。

「これは一体、何に――？」

固まっている柏尚書を前に、なんと説明すべきか躊躇《ちゅうちょ》する。餌付けを叱られるかもしれないし、もっと悪いと猫を後宮から放り出すかもしれない。

「後宮で提供される食事は量が少なくて。私、食いしん坊なので間食を持ってくることにしたんです」

「干し魚を間食に――？」

殿舎で干し魚を間食する自分の姿を、思わず想像してしまう。黒猫を地で行こうとしているみたいだし、魚臭さが広がって周囲に迷惑そうだ。

柏尚書も同じ光景を想像したのかもしれないと思うと、不名誉過ぎて切ない。

「他に丁度いいものがなかったので」

さっと蓋《ふた》を閉めると小さく頭を下げて、顔を見ずに別れの挨拶をする。

柏尚書の視線を背中に痛いほど感じながら、私は朱明門まで走った。

二度目に春景宮に入るのは、それほど怖くなかった。

凸凹の石畳を進み、中庭に出ると塀の外に聞こえないような小さな声で、「猫ちゃん」

と何度か呼びかける。

今日は警戒しているのか、すぐには姿を現さない。ならばと瓶の蓋を開け、魚の匂いが漂いやすいように瓶を振る。

そうして倒れた石灯籠の台座に座って待っていると、まもなく雑草の茂みの中から猫が顔を出した。

ンニャー、と鳴く可愛《かわい》らしい声に、思わず笑いかけてしまう。

「おいで、お魚持ってきたよ！」

猫はやや警戒気味にゆっくりと歩いてきたが、瓶まで少しの距離になると敏捷《びんしょう》な動きで私の前までやってきた。

私が石畳の上に干し魚を振り落とすと、猫はさっと顔を近づけ、鼻先を寄せてクンクンと匂いを嗅いだ。耳をピクリとこちらに向けながら、丸い目で私の顔を見る。

まるで「食べていいの？」と問うように。

遠慮がちな仕草が可愛くて、力強く頷《うなず》いて食べるよう、促してやる。

「いいんだよ、君のだよ。全部お食べ」

手で干し魚を口元に近づけてやると、猫は小さな口を開けて、むしゃむしゃと干し魚を頬張り始めた。黒い尾をユラユラと振り、可愛らしい。

「尾黒《おぐろ》って呼んでもいい？」

返事は勿論《もちろん》なかったが、全て食べてくれたことにホッと胸を撫で下ろし、立ち上がりかけたその時。違和感を覚え、辺りを見回した。微《かす》かなキナ臭さが鼻腔《びこう》を掠《かす》めたのだ。

顔を上げると南の方角の空を、薄く煙がたなびいている。

「やだ、何あれ？」

尾黒から離れ、急いで門へ向かう。

春景宮から出ると、道の先から宦官《かんがん》達が裾を乱し、血相を変えて走っているのが見えた。

――淑妃の宮である万蘭宮《ばんらんきゅう》で、火事が発生していた。

第三章　偶人の呪いは、妃を狙う

火の手が上がった時、淑妃《しゅくひ》は皇子に書物を読みきかせていたのだという。

正殿から出火し、万蘭宮《ばんらんきゅう》の女官達が総出で必死に消火活動をした。そして息をつく間もなく、別殿でも出火した。部屋の床と壁が焼ける範囲内で消し止めたものの、皇子もいる宮から火が上がったために、後宮中が上を下への大騒ぎに包まれた。

火事は原因が特定できなかった。まだ灯籠に火が灯《とも》されない時刻だったし、燭台《しょくだい》も置かれていなかったのだ。

そして驚くべきことに、翌朝再び正殿の同じ部屋でボヤが起きるに至り、万蘭宮の者達は震え上がった。普通に考えれば騒ぎの責任は万蘭宮にあったが、三度も不審な出火が続いたことから、話は奇妙な方向へと逸《そ》れていった。

被害状況の確認の後で内務府が行ったのは、何故《なぜ》か万蘭宮の門のそばの土を掘り起こすことだった。

宦官達が数人がかりで鋤《すき》を用いて、塀沿いを掘っているのだ。

その様子を目的が分からず近くで見ていると、同じく遠巻きに事態を観察していた愛琳《あいりん》が、素早く私に駆け寄ってきた。

愛琳は秘密を打ち明けたくて仕方がなさそうな、うずうずした様子で早口に捲《まく》し立てた。

「知ってる？　火事の少し前に、万蘭宮の庭掃除をしていた宦官が怪しい女を目撃したそうよ。門のそばで長いこと、しゃがみ込んでいたらしいわ。声をかけたら走って角を曲がって逃げて、直後に火が上がったんですって」

「その女性と火事に、何か関係があるということですか？」

愛琳は白檀《びゃくだん》の扇子を広げて口元を隠すと、顔を顰《しか》めながら私にこっそり打ち明けた。

「それを今調べているのよ。地面の一部に、掘り返した跡があるんですって。――だって、三度も続くなんて絶対にただの失火なんかじゃないわ。淑妃様は皇子様もいるし、陛下のご寵愛《ちょうあい》が厚いから、将来の皇后様は彼女だという噂《うわさ》もあるの。淑妃様って敵が多いのよ」

「将来の皇后様――でも貴妃《きひ》様の方がご実家も良《い》いし、永秀宮《えいしゅうきゅう》にも皇子様がいらっしゃいますよね？」

素朴な疑問をぶつけると、愛琳は人差し指を立てて、左右に小さく振った。

「情報が古いわよ。貴妃様は最近すっかり陛下の足が遠のいてるの」

愛琳は頬に片手を当て、考え込むように呟《つぶや》いた。

「私自身がまだ陛下のお目に留まらない以上、まずは力あるお妃様の庇護《ひご》につかなくちゃ。誰と仲良くなるかが、問題なのよ。淑妃様は貴妃様より後に嫁いでいらしたから、派閥が小さいから悩んじゃう」

やがて鋤を持っていた宦官達に動きがあった。

ワッと大きくどよめくと、一人の宦官が掘っていた穴から何やら掌《てのひら》二つ分ほどの大きさの茶色いものを取り出した。

愛琳と慌てて近寄り、しゃがんでいる宦官の頭越しに目を凝らす。

掘り起こした宦官は「なっ、なんだこれは！」と声を震わせ、肘を伸ばして手に持つ物体をできる限り自分から遠ざけようとしている。

埋まっていたのは人形だった。

木の板を紐《ひも》で縛り、繋《つな》ぎ合わせて手足が作られていた。素人が作ったのか、歪《いびつ》な形をしている。服に見立てたのか、青竹色の生地が胴体に巻き付けられていた。

「嫌だ、気持ちが悪い。頭が焦げてない？」

すぐ後ろにいた愛琳が、私の腕をぎゅっと摑《つか》む。

「それに、青竹色は淑妃様が好んで着られる色なのよ？」

私も我知らず、自分の口元を両手で覆ってしまった。

人形の頭部分は燃やされたのか、部分的に黒く炭化していたのだ。黒く変色した顔部分には、よく見ると字が書いてある。墨で「蘭玲《らんれい》」――淑妃の名が書かれているのだ。

ゾワリと腕に鳥肌が立つ。

「呪いの人形だ」と集まった者達が口々に呟いた。淑妃を模したような、故意に燃やされた人形が意味するもの。

愛琳と私は顔を見合わせた。古来この大雅《たいが》国において、呪詛《じゅそ》は罪に問われる。

この後宮にいる誰かが、淑妃を亡き者にするために火事の呪いを掛け、万蘭宮に埋めた
――後宮はその噂で持ちきりになった。


呪いの人形を作ったのは、誰か。

正直に言って、誰がやったのかというよりも、誰もが十分怪しいのが後宮の怖いところだと思う。

心配した皇帝が淑妃のいる万蘭宮を訪れ、それすら恨みがましく言う後宮の住人達の様子が気になりながらも、午後になると私は内務府に戻った。

(来て早々に火事と呪い騒ぎだなんて。後宮は思った以上に物騒なところだわ)

幼い皇子や公主も、火事にさぞ怯《おび》えたことだろう。

土中から掘り起こされた、呪いの人形の色や形を思い出す。

青竹色の衣と、塗料のついた胴体。

(何か、私にできることはないかな？　もしかして、材料から犯人が分かるかもしれない)

思いつくと、じっとしていられなかった。

帳簿を机に積み上げ、席にどっかりと腰を据える。

片端から帳簿を広げていく。

宦官と女官は後宮から自由に外出できず、持ち込む物品は厳重に管理されている。そのままの形で持ち込めないとなれば、呪いの人形は後宮内の物資で作られたはずだ。そしてその出入りは全て内務府の帳簿に記載されている。

「帳簿さん、教えて」

端に手を置き、数字に目を滑らせる。

帳簿の数字の動きは、物の流れを教えてくれる。そしてその背後にある各宮の暮らしぶりが見えてくる。

衣食住、もしくは教養や娯楽。どこに金をかけているかが一目瞭然となり、それぞれの妃嬪《ひひん》達の主義や嗜好《しこう》を露《あら》わにしてくれる。

やたら薪を使う徳妃《とくひ》は寒がりなのだろう。

やたら靴を買う賢妃《けんひ》は、一度履いた靴は二度と履かない潔癖症なのかもしれない。

貴妃は圧倒的に化粧代が多いが、あの化粧の濃さから納得の数字だ。

淑妃は公主の祈禱《きとう》や薬代にかける金額の多さが顕著だったが、長く同じものを愛用する倹約家らしき面すらあった。

あらゆる数字を拾う必要はない。流れをざっくり辿《たど》れば良いのだ。

目の前を数字が飛び跳ね、私に語りかけてくる。

丸二日かけて帳簿を読み込み、殿舎と倉庫を何度も往復した私が導き出した犯人は、ある宮の者だった。

だがその名を軽々しく口にすることは、できなかった。私の立場で炙《あぶ》り出すには、あまりに大物だったから。

埃《ほこり》だらけになった私が倉庫から這《は》い出ると、外は既に暗くなりかけていた。

帰宅することなく、疲労を押して私が向かったのは柏尚書《はくしょうしょ》のもとだった。

柏尚書は戸部《こぶ》の殿舎から出てきて私と目が合うなり、階《きざはし》を駆け下りた。

「こんな時刻まで、残業を!? 早く、急いで皇城を出ないと。門が閉められて、帰れなくなってしまう」

皇城の正門は日没に鳴らされる暮鼓《ぼこ》と共に、閉められる。閉門に間に合わなければ、どんなに高位の官吏であれ、最早《もはや》出入りは不可能になる。

柏尚書は動かない私に焦《じ》れたのか、私の肩を押して門の方へ向けたが、それをそっと振り払う。

「柏尚書こそ、なぜまだいらっしゃるんですか？」

「私は今夜、当直なんだ。陛下の呼び出しや緊急時にすぐに御前に出られるように、六部《りくぶ》の一部の官吏達は夜勤をしている」

「ああ、そうだったんですか。それなら好都合です。ゆっくりお話しできます」

「これのどこが好都合なのか」と柏尚書が言いかけた時。

暮鼓が鳴り響いた。柏尚書がハッと息を吞《の》む。

「――日没を迎えてしまった……」

紺色の空の端を夕日が茜《あかね》色に染め、宮城の波打つ甍《いらか》の上にゆっくりと沈んでいく。あらゆる疲労を忘れて、しばし足を止めて見入ってしまう。

累々と並ぶ甍の向こうに見える夕日は、まるで雲海に沈んでいく火の玉のようだ。

「綺麗《きれい》ですねぇ。皇城の中からの夕焼け空は、初めて見ました」

「何を呑気《のんき》な。ご家族が心配されるでしょう。蔡《さい》家の方々に恨まれたくはない」

「今夜は遅くなるか、泊まると言ってあるので平気です」

私は周囲を警戒してから、本題に切り込んだ。

「淑妃様の呪い人形が見つかったことを、ご存じですか？」

柏尚書は周囲の目を気にしつつも、大きく頷《うなず》いた。

「外朝でも話題になっている。陛下は報告を受けて、すぐに淑妃様と御子達を慰められたとか」

「呪いの人形を作った犯人が誰なのか、私なりの方法で調べてみたんです。もしかしたら、どの宮にいる人か分かったかもしれません」

目を見開く柏尚書の前で、二日かけて帳簿と倉庫を調べたことを説明する。そんなことで犯人が分かるはずない、と一蹴されるかと心配したけれど、彼は丁寧に頷きながら話を聞いてくれて、密《ひそ》かに安堵《あんど》する。最後まで話し終えると、柏尚書は感心と呆《あき》れが一緒くたになったように眉尻を下げて私を見下ろした。

「とてつもなく地道な作業だな。私も、呪い人形などを作る者は許せないが、君の正義感には感服するよ」

私を突き動かしたのは、正直に言って正義感だけではなかった。ボヤの後で焦げた宮の床と壁の修理費が馬鹿にならないから、この一連の火事騒ぎを起こした人に腹が立ったのだ。この余計な出費を、どうしてくれる。弁償してほしい。

呪い人形が見つかって以来、ずっと密かに疑問に思っていたことを、尋ねてみる。

「……柏尚書は、呪いを信じますか？　あの人形が本当に火事を起こさせたと？」

柏尚書は言葉を慎重に選びながら話すように、低い声でゆっくりと話した。

「呪いの力は分からないが、少なくとも犯罪には変わりがない。結果が伴わなくても、呪具は作るだけで罪に問われる。昔から我が国では呪詛が禁止されているからね」

大雅国の多くの人々と違って、私は呪いを信じていない。

だが火事とすぐに結びつけない彼の答えを聞いて、なんとなく柏尚書も同じなのではないかと思えた。

少し気が楽になり、自分なりに導き出した結論を話す。

「人形の材料は、木の板と麻の紐、それに青竹色の布切れでした。それとこれを削るのに使った、小さな彫刻刀です。ちなみに麻の紐は宮中でありふれているので、調査から除外しました」

柏尚書は目を細めて私の話を聞いた。

まず調べたのは、木の板だ。これが妙に軽く、表面が滑らかに磨かれた板だった。その辺に置かれている薪を切り出したものでは、あり得ない。

更には端に金色の塗料が塗られていた。そこに目敏《めざと》く気づいたのは、陵《りょう》である。彼は人形を見るなり、ぼそりと呟《つぶや》いた。

「縁に金色だなんて。晩餐《ばんさん》に出される妃嬪の夜伽《よとぎ》の名札みたいだな」と。

勿論《もちろん》、名札ではない。だが元は何か高価な商品の一部だったのかもしれない。

そこで私は帳簿の動きを精査した。

物の動きは全て内務府の帳簿に表れる。何か、普段と違う流れが最近、起きてはいないか？

「すると妙なことにここの所、内務府から松苑《しょうえん》で売られている龍鬚糖《ロンシュータン》の注文が急に増えていました」

「龍鬚糖？　中に胡麻《ごま》や砕いた落花生が包まれた、あの飴《あめ》菓子のことか？」

「ええ。よくご存じですね。――私は勿論、食べたこともないんですけど」

松苑はこの都、白理《はくり》にある老舗の高級菓子店である。きっと柏尚書はお得意さんだろうから、説明不要だろう。

「内務府にあった松苑の龍鬚糖の在庫を早速調べてみたんですよ。そしたら、商品は品のある木箱に入れられていたんです。――縁が金色に塗られた、木箱です」

木箱は包装箱特有の、軽い板を組み合わせてできており、彫刻刀を使えば簡単に解体できた。

ちなみに彫刻刀を一番最近注文したのは、龍鬚糖をやたら発注したのと同じ宮だった。彫る練習に木箱をたくさん使ったのだろう。

「注文したのは、永秀宮です」

貴妃の住む宮だ。

絶句する柏尚書を尻目に、説明を続ける。

人形が着ていた青竹色の服は、繻子《しゅす》織の生地でできていた。

内務府の倉庫に眠る反物をしらみ潰しに調べ、同じ織り方と色の生地を探した。

最近その生地が納められたのは、二箇所の宮だった。だがそのうち一箇所はまだ使用しておらず、人形とは無関係と思われた。

そしてもう一箇所の宮が、永秀宮だった。

永秀宮を訪ね、生地を見せてほしいと頼むと、どの女官もそんな生地に見覚えはない、と口を揃《そろ》えて否定した。帳簿にはたしかに永秀宮の名が書かれ、受領書も残されているのに。毎回、やたら多くの物品を請求していく貴妃の女官は「中身をいちいち一つずつ確認なんてしないわよ！　覚えてるはずないでしょ」と逆上した。

柏尚書は片手で額を押さえた。

殿舎の灯籠が灯《とも》されて後ろから光が投げかけられるが、明かりから顔を逸《そ》らすように柏尚書は背を向け、重苦しい声で言った。

「それを私に伝えるために、この時間まで？」

「おかしなことがあれば、報告をしろとのことでしたので」

柏尚書は灯籠に背を向けたまま、答えた。

「庭掃除をしていた宦官の見た、人形を埋めた女が逃げていった曲がり角に、手巾が落ちていたのを知っているか？　騒ぎの後で、植木の根元に絡まっているのを陛下の側近が拾ったんだ」

「知りませんでした。その手巾が、何か？」

「当然落とし主は人形と何らかの関係があると思われるんだが――まだ公表されていないが、手巾は香麗《こうれい》のものらしい」

なんという偶然。いや、これは多分もう偶然ではない。道筋を解き明かしているような、一本の道に繋《つな》がる何かに導かれているような。そんな奇妙な感覚があった。

結論を急ぐ私を遮るように、柏尚書は私の目をひたと見て、ゆっくりとした調子で話した。

「香麗に対する取り調べはもうじき始まる。君の話を聞く限り、状況は永秀宮にかなり不利なようだ」

腰に手を当て、眉間に微《かす》かに皺《しわ》を寄せて考え込む姿は、悩ましそうだ。

「貴妃様は皇子殿下の生母ですし、蔡家と違って本物の三大名家の黄《こう》家が後ろに控えています」

柏尚書は何も言わなかった。彼はただ、眉の間の陰を更に深くさせた。癖のない黒髪が、さらりと肩を流れる。念押しするように、私は畳み掛けた。

「もしかして総管に報告すると、握り潰されるかもしれません。私から直接陛下にお話ししても大丈夫でしょうか？」

すると柏尚書は両手を腰に当て鋭い目で私を見下ろすと、言い聞かせるように言った。

「そんな危ない真似《まね》はさせられない。君は時折、無鉄砲でハラハラさせてくれるな。黄家の矢面に君の立場で立つべきではないからね。私から報告しよう」

「でも、柏尚書のお立場が悪くなったりしませんか？　文官の頂点にいるのは、貴妃様の父親の黄門下侍中《もんかじちゅう》ですし」

「ここで沈黙するようでは、陛下の忠臣ではない。ご判断は陛下にお任せするが、事実は隠さずお伝えしなければ」

意外な反応だった。ただの貴族のお坊《ぼ》っちゃま。そう思っていたのに、私が気づかなかっただけで随分気骨があるらしい。

柏尚書が科挙《かきょ》を受けた動機や実際の仕事ぶりは知らなかったけれど、官吏としての矜持《きょうじ》があるのだろう。よろしくお願いします、と頭を下げる。柏尚書は小さく頷くと、暗闇にみるみる呑まれていく殿舎を見回してから私に尋ねた。

「もう内廷に戻った方がいい。今夜はどこで寝るつもりで？」

「寝具を借りて、出張所に泊まります」

柏尚書は納得したように幾度か頷くと、私に注意をした。

「証拠の帳簿を消されたりしないように、手元に置いて寝るように」

ご冗談を、と受け流そうと口を開きかけるが、柏尚書の目は至って真剣だ。

「分かりました。それじゃ、金塊だと思って抱えて寝ます」

「――もしかして、金塊を抱えて寝たことが？」

「まさか！　ただの、たとえですよ」

私ならやりかねないとでも、思われたのだろうか。

「そもそも蔡家に金塊なんてないですから。でもたくさん抱えて寝たら、極上の夢が見られそうですねぇ」

「いや、君の体格なら間違いなく押し潰されるだろう」

苦笑しながら柏尚書は私の背を押した。

「さぁ、暗くなる前に戻るんだ。私は後宮まではついていけないのだから」

軽く頭を下げて柏尚書と別れる。駆け出して少し経《た》ってから振り返ると、柏尚書はまだその場にいて、私が後宮に戻るのを確認するように見ていた。


翌日、なかなか寝つけなかった私が少し寝坊をして起き出すと、宮中は大騒ぎになっていた。

夜のうちに柏尚書が、皇帝に私の調査したことを報告したのだ。

すぐに内務府に顔を出すと、私を待ち構えていたらしき総管と同僚達にあっという間に取り囲まれた。席に辿《たど》り着く前に抱えていた帳簿を取り上げられ、何を調べ柏尚書にどう話したのか詳しく教えてくれ、と質問攻めにあう。

香麗は永秀宮への出入りを禁じられ、取り調べが早朝から既に始まっていた。早朝に永秀宮を詰問する皇帝に同行していた総管によれば、皇帝に関与を尋ねられると貴妃は何故《なぜ》か高笑いをしたのだという。総管は呆れたように首を左右に振った。

「何がおかしいのか、と陛下のお怒りは更に高まったようだったよ」

この事態に口が軽くなったのか、総管は小さな声で言い足す。

「今だから言えるがね、実際のところ香麗が怪しいと思っていたよ」

貴妃は永秀宮を管理する妃《きさき》として責任の一端を取らされ、皇帝はその場で彼女に一月の間永秀宮から一歩も出てはならない、と禁足を命じた。更に併せて半年の写経も命じられたのだが、そんな時も貴妃はいつも通りすましていたという。その上近くにいた総管に対して、写経用に金箔《きんぱく》入りの料紙を要求したらしい。内務府の皆もこの話に、唖然《あぜん》とする。

「蔡主計官、君は凄《すご》いね。感心したよ」

総管が晴れ晴れとした様子で私を労《ねぎら》ってくれるので、その好意的な反応に少し戸惑う。

すると殿舎の隅の自席にいた陵が、頭の上に腕組みをしながら踏ん反り返る。

「あの偉そうな貴妃に……おっと、じゃなくて貴妃様に誰かが一矢報いるなんて、初めてだからね。いやぁ、僕も相棒として、鼻が高いよ」

集まっていた同僚達が、コクコクと頷《うなず》く。

「そうですよ、帳簿から犯人を特定してしまうなんて、驚きです。私にも、数字の効率的な追い方を教えてください！」

「あっ、抜け駆けは狡《ずる》いですよ！　今度皆に講義をお願いします。正直、帳簿の見方が分からない者は多いと思うんですよ」

そうだそうだと、皆が首を縦に振る。それまで私を腫れ物扱いしていた内務府の同僚達の態度の変化に、困惑してしまう。

こうして皇帝が呪いの人形を作った犯人を実質的に断定すると、翌日から貴妃の取り巻き達は水が引くように彼女の周囲からいなくなった。ここの住人達は、とにかく時流に乗るのが速い。

貴妃が禁足になると、逆に各宮の間を行き来する妃嬪《ひひん》が急に増えた。鬼のいぬ間に、といったところだろう。

後宮という広大なようで狭い、隔絶された世界。

ここで権力欲に巻き込まれずに、自由に生きることはできないんだろうか。

もしかしたらここを息苦しくしているのは、幾重にも敷かれた警備や高い塀ではなく、渦巻く人の欲なのかもしれない。

呪いの人形で火事を起こすことは、できない。私は少なくともそう思っていた。だが以後、火事は起きなかった。

貴妃という重しが一時的になくなり、後宮の住人の動きは俄《にわ》かに活発になった。静まり返っているのは、貴妃のいる永秀宮だけだった。

大雅国の皇城は広大だ。

内部を移動するために、皇帝は輿《こし》に乗って移動するほどであり、登城する官吏は毎朝正門から殿舎まで、相当な距離を歩く。

早朝とはいえ、夏真っ盛りの日差しは大変暑く、後宮の出張所に着く頃には全身が汗ばんでいる。

汗で湿った衣を整えつつ、顔を上げて階《きざはし》に足を掛け、そこでハッと身構えてしまう。

今日も朝から既に五人の妃嬪達が、私に何やら訴えるために、私の出勤を待ち伏せしていたのだ。貴妃が禁足を命じられた直後から、内務府に要求のある後宮の住人達は急に私の出張所にやって来るようになっていた。答応《とうおう》や貴人《きじん》など、妃嬪としての位は様々だ。だが要求は似たり寄ったりだった。宮に庭園を造ってほしいだの、盛大な誕生会を行いたいだの、といったものだ。

（ああ、今日も朝から順番待ちなのね……。嬉《うれ》しいんだけど、妃嬪ってもしかして暇なのかな……）

困惑しつつも、愛想笑いを浮かべて席に着く。

「皆様、おはようございま……」

「待ってたわ！　ねぇ、私の宮に鞦韆《ぶらんこ》を作ってもらいたいの」

食い気味で要求を話し出したのは、後宮で一番若い妃嬪だ。鞦韆で遊びたいという幼さを感じさせる要求が、可愛《かわい》らしく微笑《ほほえ》ましい。その辺の梁《はり》に紐《ひも》をくくりつけた薪でもぶら下げたらどうか。とは流石《さすが》に言えない。

「後で手先の器用な宦官《かんがん》を呼びますから、相談してみてください」

パッと顔を輝かせる年少者を押しのけ、その隣から声が上がる。

「私はもう少し大きなお願いがあるの。離宮で行われる年末の祭天の儀のことなのだけれど、今年は私達も見学に行かせてもらえない？」

祭天の儀は、年末に行われる大きな宮中行事の一つである。冬至に都の南端にある離宮の祭殿を皇帝が訪れ、大雅国の五穀豊穣《ほうじょう》を願うのだ。

現皇帝が妃嬪を同行させたことは一度もないはず。

すると後ろに下がっていた他の四名も、次々に加勢した。

「いいわね、見てみたい！　大勢の舞子達が踊って、凄く華やかな儀式だと聞いているわ」

「先代の陛下は、たくさんの妃嬪を連れて行ったらしいのに。私達も行きたいわ」

それは先代が派手好きだったからだし、既に予算は組まれているので簡単に増やせない。

だが妃嬪達は食いいるように私に訴えた。いつも以上に懸命な様子に、考えてしまう。

後宮にいる妃嬪達は城の外へ出かけることはおろか、朱明門《しゅめいもん》の外へ出ることすらない。

たまには幾重にもなる塀の外へ、羽を伸ばして世界を見てみたいのだろう。

順番待ちをしていた二人が、真剣な顔で訴える。

「祭天の儀の見学に行かせてもらえるなら、私達の要求は取り下げるわ。寝所が手狭だから、新しい宮を造設してもらいたかったけれど」

その要求は既に他の妃嬪達のみならず、一部の女官達からも私に出されていた。考え込んでいると、年少の妃嬪が前のめりになって口を開く。

「祭天の儀に行けるなら、私の鞦韆も取り下げるわ！」

「――皆さん、そこまで陛下に同行されたいのですね」

私より十歳ほど歳上《としうえ》に見える、一番年長の妃嬪が身を乗り出す。

「後宮内の宮廷行事は、かわり映えのない堅苦しいものばかり。年に一度くらいは、外の風に当たりたいわ」

それを聞いた妃嬪達は、一斉に俯《うつむ》いた。

市井の人々が一生かけても買えないような宝石を身に着け、日々美を保つことに時間と労力を傾ける彼女達は、贅沢《ぜいたく》な別世界の住人のように見える。けれども、実は妃嬪達の生活はとても退屈なものなのかもしれない。だからこそ行き過ぎた贅《ぜい》に走るのではないか。

手元の巻物に筆で記録をつけながら、妃嬪達に言う。

「分かりました。何人まで増員できそうか、内務府に戻ったら検討してみます」

五人は興奮気味に顔色をよくすると、満面の笑みになった。慌てて言い足す。

「まだ検討段階ですよ。あまり期待し過ぎないでくださいね！」

「わかってるわ。でも蔡主計官が来てから、相談しやすくなったわ。私達の声が直接内務府に届けられるし」

思わずこちらまで笑顔になってしまう。

望んでこの職に就いたわけではないが、自分を認められるのは嬉しい。――そしてどの妃嬪達にも、その機会は必要なのだ。

妃嬪達が五人で揃《そろ》って出張所を出て行くと、次に私を訪ねてやってきたのは愛琳だった。

巨大な真珠を顔の近くにぶら下げ、私の下にまっすぐに歩いてくるなり陵を目線で部屋の隅に押しやると、私の前の椅子に腰掛けた。

手に紫色の布包みを抱えており、座るなりそれを机上にドサリと載せる。これは何か、と私が訊《たず》ねる前に愛琳は机に身を乗り出すと目を見開き、興奮しているのかやや息が上がった状態で口を開いた。

「ねぇ聞いて！　私、ついに決定的な場面を目撃したわよ」

「な、なんの……？」

「前に言ったでしょ！　我らが麗しの副総管に、美雨《みう》が色目を使っているのよ」

忘れてた。とは言いにくいので、こくこくと頷いて同意する。

「美雨が副総管に月餅をあげるところを、見たんだから。副総管の大好物なんですって。料理上手な自分を副総管に主張するつもりなのよ。いやらしいわ！」

「副総管は一部の男女から熱烈に慕われてますから。外部の業者もしょっちゅう訪ねてきて、月餅を贈ってますよ。後宮の中で贈り物が禁止されているわけではありませんし、もしかして美雨さんだって他の人にもあげてるかもしれませんよ？」

「いいえ。甘ったるい猫撫《な》で声で『あなたにだけ特別です』って言ってたわ。私、地獄耳なの」

得意げにそう言うと愛琳は続けた。

「美雨は本当なら去年が入宮十年目で、やっと年季明けだったのに、後宮から出なかったのよ。いつまでも女官でいたら婚期を逃すだけなのに。だって、あの人もう二十五歳よ？　普通なら今すぐ朱明門を飛び出して、結婚相手を探すべき年齢でしょ⁉」

「愛琳……、安修媛《あんしゅうえん》、声が大きいです！」

「美雨はきっと、副総管のそばにいたいから、ここに残ったのよ。後宮にいる女達は下級女官に至るまで、主である皇帝陛下のものよ。それなのに、副総管と恋愛しようなんて。規律を乱してるわ。淑妃様も、美雨を首にするべきよ」

「ええと、つまり……。みんなの副総管が取られそうで、嫌なんですね」

本音に切り込んでみると、愛琳は臆面もなく大きく頷いた。その後で机の上の布包みに両手をかけ、上部の結び目を解く。

中に包まれていたのは、麻花《マーホア》だった。小麦粉を縄状に成形して油で揚げた、硬い菓子だ。

「これ食べましょ。女官に作らせたの。私ってひねくれものだから、材料は質素で素朴だけど麻花が好きなの」

（質素か……。揚げ物は大量の油がいるから、貧乏人には贅沢な代物なんだけどなぁ）

そんなことを知る由もなく、愛琳が麻花を食べ始めるといつの間に準備したのか陵が無言で茶を机に置く。手際がいい。

愛琳は麻花を手に持ったまま、少し小さな声で言った。

「ねぇ最近、悪い噂《うわさ》がまことしやかに流れてるのよ。もう聞いた？　淑妃様の公主様のお体が弱いのは、貴妃様のせいかもしれないんですって」

なんのことかとパチパチと瞬きをすると、陵が口を挟む。

「聞きましたよ。貴妃様が呪いで公主様をご病気にしているんじゃないかって、噂が立っていますねぇ」

「なんてこと言うの！　誰かに聞かれたら、大変よ」

慌てて人差し指を立てるが、陵と愛琳は何食わぬ顔で「だってもう、皆知ってるし」と肩を竦《すく》める。二人とも、ちっとも悪びれたところがない。

思わず私に茶をぶっかけた貴妃を思い出す。化粧がキツく、高慢そうなあの顔を。

たしかに、絶対に彼女ならやらない、とは言い切れない……。

「今は貴妃様が反論できないから、言いたい放題にされてしまっているだけですよ」

「でも、貴妃様は実際焦っているはずよ。公主様はとても可愛らしいから、女の御子様の中では陛下に一番気に入られているし。何より陛下はここのところ、万蘭宮に通い詰めていらっしゃるから」

愛琳が一度も閨《ねや》に呼ばれていない、との話を思い出し、思わず陵と目を合わせてしまう。

適当に言葉を濁して相槌《あいづち》を打っていると、愛琳はニッと笑った。

「ねぇ月花《げっか》。私達で、万蘭宮の塀沿いを調べてみない？　もしかしたら呪いの人形がもう一体、土の中から出てくるかもしれないわ」

「ええっ!?　そんな無茶な。真偽も不明なのに、あてどなく掘りまくるんですか？　そもそも宮の塀を一周って凄《すご》く長いですよ」

「でも、見つけられたら大手柄よ。淑妃様に気に入って貰《もら》えるし。ついでに私も陛下のお目に留まるかもしれない」

壮大な計画に目眩《めまい》がする。取り敢《あ》えず脳内に糖分を回して落ち着こうと、目の前の麻花に手を伸ばす。カリカリと小気味いい音をさせて食べていると、愛琳は布包みの中の麻花を指差し、陵にも食べるよう勧める。微塵《みじん》も遠慮する素振りもなく陵が麻花を食べ始めると、愛琳は両手を自分の膝に乗せて、私に向き直る。

「月花なら分かってくれると思うのだけれど。私、安家の一人娘が修媛で終わるなんて、とんでもないって父に言われるのよ。私達、同じ三大名家同士、頑張りましょう！　まだ陛下に全然見向きもされていないけど、そのうち絶対に四夫人に出世するんだから」

愛想笑いを作り、頷《うなず》くのが精一杯だ。

私の目標は宮廷費をできる限り抑える道筋を作ったら、織物店に戻ることだ。

愛琳が皇后になる日が来るとしても、その姿をここで見ることはないに違いない。

愛琳がいなくなると、陵はさっきまで彼女がいた場所に座り、ニヤリと笑った。

「最近宮城一の人気者なんじゃない？　蔡主計官。美女に代わる代わる縋《すが》られて、羨ましいね～」

「何言ってるの。貴妃という重しがないうちに、みんな溜《た》めていたものを吐き出しているだけよ」

「貴妃様は大人しくしているくらいが丁度いいよ」

「禁足が解けたら、また誰も来なくなっちゃうかしら」

それは寂しいね、と二人で笑う。

貴妃が自由に動けるようになったら。──それまでに大きく情勢が動き、後宮の勢力図が変わっていようとは、この時はまだ思いもしなかった。


陵と一緒に春景宮に足を踏み入れてから、私には時折の楽しみができていた。

隙間時間に、尾黒《おぐろ》に会いにいくことだ。

帰り際に相変わらず荒廃した春景宮の庭に忍び込むと、崩れた石灯籠の上に座って「尾黒」と呼びかける。

最初は警戒してなかなか姿を見せてくれなかった尾黒だが、二週間も通い詰めると、すぐに出てきてくれるようになった。私を覚えてくれたみたいで、嬉《うれ》しい。

「ミャー」と可愛《かわい》らしい声がしたかと思うと、正殿の軒下から縞《しま》模様の小さな尾黒が小走りでやってくる。いそいそと笹《ささ》の葉の包みを広げて、地面に置く。

今日持ってきたのは、妃嬪《ひひん》達の食べ残したご飯やお肉だ。尾黒が喉に詰まらせないよう、鶏肉《とりにく》を小さく指で割いてやる。

尾黒はご飯の前にお座りすると、私を見上げた。

「ニャー」と鳴き、そのままジッとしている。

まるで私に食べて良いかを聞いているみたいで、口元が綻《ほころ》んでしまう。

「お食べ。お肉は尾黒には味が濃いから、ちゃんとお湯で洗ってきたよ」

お尻を上げて、尾黒がご飯に顔を突っ込む。口周りに付いた米粒を、時折舌でペロペロと舐《な》めとっている様子がたまらなく可愛い。

そっと手を伸ばし、食事の邪魔にならない程度に、背中の毛並みを撫《な》でる。柔らかくて、温かくて、ふわふわだ。

妃嬪達が火花を散らす後宮だけれど、静寂に包まれた無人の宮で尾黒を見ていると、癒《いや》される。

閉ざされた正殿の扉を見やり、ふと考えてみる。

かつて、ここが栄華の中にあった時、私の母も女官としてあの階《きざはし》を上り、扉に手を掛けたのだろう。

「何の因果でここに来ちゃったんだか。――尾黒、お前もいつか一緒に外に行こうね」

食べ終わった尾黒は、まだ何かないのか、と催促するように私の膝に前脚を乗せた。温かな小さな脚が、悶絶《もんぜつ》級に愛らしい。


後宮の片隅に生きる猫に癒されてから慌ただしく帰宅すると、家に一歩踏み込んだ所で足が止まった。

玄関扉を開けるなり、仰天の光景が目に飛び込んできたのだ。

柏尚書が、我が家の食卓にいた。

料理が並ぶ卓を私の父母と囲み、何やら飲み食いしている。弟の康輝《こうき》まで同席している。

(な、何が起きてるの!? どんな経緯があれば、金持ち金ピカ貴族の戸部尚書が、名ばかりの貧乏蔡家の食卓で夕食を取ることになるのよ)

私の帰宅に気づくなり、父は満面の笑みでこちらに手を振った。

「あ、お帰りぃ、月花！　いやぁ、びっくりしただろう？　ひょんなことから、柏尚書を我が家にお招きすることになってね」

ひょんなことから、柏尚書が我が家で飲み食いするはずがない。

だが母も弟も、どういうわけか楽しげにニコニコしている。

食卓に並ぶのは野菜炒《いた》めや肉団子の汁物といった、母がよく作るいつもの料理だったが、我が家の献立の中では鳥の手羽先揚げが異彩を放っている。

奮発して揚げ物を作ったのか。

(後で油を濾《こ》して、何回も使い回さなきゃ……)

私の困惑をよそに、父は空いている席を指差し、私に同席を促す。故意か偶然か、柏尚書の正面だ。

「ほらほら、歩いてきて疲れただろ？　姉さんもお茶を飲みなよ」

弟がすかさず注いでくれたのは、ドクダミ茶だった。よりによって、なぜこれを。

柏尚書が遠慮がちな声で、私に話しかけてくる。

「急に訪ねてしまって、申し訳ない。驚かせただろうか」

「はい。今度こそ幻覚かと思いました……」

「いやぁー、柏尚書と前に食べた家鴨《あひる》の汁物の味が忘れられなくてね。ついフラフラっと出向いて、食堂の前に行っちゃったんだよ。店内から漏れ出る香りだけでも、スピスピ味わいたくてねぇ」

私の父は、なんと恥ずかしいことを戸部尚書の前で言っちゃうのだろう。

「そしたら偶然にも、柏尚書とばったり会ったんだ！ いやぁー、柏家と蔡家は、やっぱり縁があったのかな？」

後半は聞き流しつつ、本当かどうか知りたくて柏尚書を見ると、彼は柔和な笑みを浮かべて大きく頷いた。

どの部分に、同意したのか。

「私は丁度昼食に立ち寄ったところだったんだ。今日は当直明けだったので」

「二度目の汁物も、やっぱり美味《おい》しかったよぉ！ お前にも食べさせてあげたかった！」

食堂の前で鉢合わせして、結局二人で一緒に昼食を食べたのだろう。父のホクホク顔から察するに十中八九、奢《おご》らせたに違いない。

「主計官の仕事の話をしたり、ご自宅での君のお話を伺っていたら盛り上がってしまってね。夕刻まで食堂に居座ってしまったんだ」

「だから、お昼のお礼に夕飯にお招きしたんだよ。我が家をお見せするのは、少し抵抗があったけどね！」

困惑しながら母を見ると、パッと照れ臭そうに笑って頬に手を当てている。

「柏尚書ったら、私の料理を凄く褒めてくださるのよ！」

あっさり籠絡されたらしい。

一縷《いちる》の望みをかけて弟の反応を窺《うかが》う。

「内務府で活躍してるなんて、知らなかったよ。凄いじゃん」

弟は口周りに付いた米粒を親指で取りながら、そう言った。尾黒みたいだ。

再び目が合うと、柏尚書は滲《にじ》むように微笑《ほほえ》んだ。官服の時は披露しない優しい笑顔だ。

美貌が強烈で、蔡家のボロ屋で拝むには違和感がある。

「すぐにお暇《いとま》するつもりだったけれど、あまりに居心地が良くてつい長居してしまったよ。

――私は両親を早くに亡くしたもので、ずっとこういう温かな家庭に憧れがあったんだ」

「んまぁ！　それならいつでもいらしてください。柏尚書なら我が家は大歓迎です！」と
母が間髪を容《い》れずに相槌を打つ。なぜか瞳を潤ませている。肉親話に絆《ほだ》されてしまったらしい。ちょろ過ぎないか。

柏尚書はドクダミ茶を一口飲むと、思い出したかのように言った。

「ご両親から聞いたよ。淑妃様とは、小さい頃に遊んだことがあったんだね」

「そうなんです。色々と遊びの種類が違い過ぎて、数えるほどですけど。今ではあの頃より、もっと雲の上の人ですね」

柏尚書は一呼吸置いてから、答えた。

「淑妃様は後宮で、すこぶるお上手にお過ごしだね。ただ、呂《ろ》家——淑妃様のご実家は裕福だが、名のある官吏や武官が縁戚にいないのが、長所であり同時に弱みでもあるな」

話を聞いていた父が首を傾《かし》げながら「どういうことです？」と柏尚書に尋ねる。

「外戚が出しゃばることを、陛下はよしとしません。ですが高官を縁戚で固めることで、より施政が盤石になるのも確かなのです」

「呂家は商家ですからね。でも蘭玲のいる宮の名前が万蘭宮とは、素敵な偶然です。わしと柏尚書が食堂で出くわしたのと同じくらい、素晴らしい偶然ですな！」

何が面白いのか全く分からないけれど、一同はそこで爆笑した。私だけは相変わらず能面状態で固まってしまう。そんな私をちらりと見てから、弟が話し出す。

「柏尚書、実は俺と姉さんは呂家がお祝いで粽《ちまき》を近所の人に振る舞った時に、しれっと四回も列に並んで粽をせしめたんですよ」

「なんで話しちゃうのよ！　それに四回じゃなくて三回だったでしょ！」

急いで訂正するが、柏尚書は声を立てて笑った。余程おかしいのか、腰を曲げて眉間に皺《しわ》が寄っている。

「違うね。俺ははっきり覚えてる。四回だよ。姉さんは美化しているよ」

「何が美化なの。——柏尚書、信じてください。三回だけなんです……」

「うん、うん。信じるよ。どちらでも大差ない気がするけど」

恥ずかし過ぎる。

睨《にら》んでやると、弟は取り繕うつもりなのか、両掌《てのひら》を擦り合わせながら、柏尚書に言った。

「でも柏尚書。姉さんはこの通りケチだけど、優しいところがあるんですよ。こっそりお教えしますとね、後宮にすみ着いている痩せた野良猫に、家から干し魚を持って行ったこともあるんですよ」

宮中の人に内緒で持って行く、と言っておいたはずなのに。口が軽過ぎる。

「干し魚……？」と呟《つぶや》きながら柏尚書は首を傾げて私を見た。

「もしかして、あの瓶入りの？　たしか自分の間食用だと言っていたのに」

「姉さん！　なんでそんな恥ずかしい嘘《うそ》ついたんだよ」

真正面からのまじまじとした柏尚書の視線を浴び、仕方なく説明する。

「すみ着いているのがバレたら、追い払われちゃうかと思いまして……猫は虫や鼠《ねずみ》を獲《と》ってくれますし、尾黒は大人しい良い子なんです！」

「追い払わせたりなど、しないのに」

柏尚書は私を見ると、目を細めた。

「それにしても、今日は色んな発見があったよ。お誘いいただいて本当に良かった。――君が粽好きとは知らなかったけれど、実は桃下《とうか》通りに粽の美味しいお店があってね」

「なんとありがたい！　月花、柏尚書に連れて行ってもらうといいね！」

話にやたら乗っかる父が、必死過ぎて私が泣きそうだ。


夕食が終わると、帰る柏尚書を馬車の前まで見送る。

父が余計な気を回し、玄関を出ると私達は二人きりになった。柏尚書と二人で、彼を迎えに来た馬車の前まで歩く。外はすっかり暗く、手に持った灯籠で二人の足元を照らす。

柏尚書は門をくぐると、ぽつりと呟いた。

「君の母君は、昔女官をなさっていたんだね」

母は色々喋《しゃべ》ったようだ。私の家族と距離を随分縮めたようで。

「ええ。後宮時代は、楊《よう》皇后に仕えていたこともあり、なかなかに苦労をしたみたいです。ですから、柏尚書のおじい様は母にとって、本当に英雄なんです」

褒め言葉のつもりで言ったが、意外にも柏尚書は黙ってしまい、何か考え込むように目を伏せた。

「かつての楊皇后は、本当に絶大な権力を持っていたからね」

「私が見た春景宮は、まるで幽霊屋敷でしたけど」

「春景宮はそんなに酷《ひど》かったか？」

「はい。もう、蜘蛛《くも》の巣が中も外も酷くて……。思い出すだけで、顔面に巣が引っかかった感触が蘇《よみがえ》ります」

なんとなく顔が痒《かゆ》くなり、右手で額と鼻の辺りを拭ってしまう。柏尚書は私の仕草がおかしかったのか、目を細めて小さく笑った。

「建物自体も傷んでいますので、あのまま放置するなら、今のうちに建て直した方がいいかもしれません」

そうなれば、尾黒はすみかを失うだろうか。つぶらな瞳で私を見上げる尾黒の顔を思い出し、決意する。その時は私が引き取らねば、と。

「建て直しか。だが、そうなると安くはないのでは？」

「安くはありませんが、実は妃嬪《ひひん》達からも宮の増設を提案されているんです」

すると柏尚書は小さく笑ってから肩をすくめた。

「そういう場合は、金庫番としてはてっきり放置を選ぶかと思っていたよ」

「放置より改築してより多くの者達が暮らしやすくする方がいいと思いまして。予算はただ切り詰めるのではなく、効率的に使いたいんです。一時的に支出があっても長い目で見れば、有効に使えますし」

「なるほど。合理的だ」

柏尚書は感心したように幾度も頷《うなず》いた。なぜか馬車の前で立ち止まり、乗り込もうとしない。手持ち無沙汰になった私は、夜空を見上げた。

「星が一つもありませんね。明日は天気が悪そうです」

濃い紫色の空には明かりが全くなく、少し低い位置にある鈍色の薄い雲が、かなりの速さで上空を流されていく。

風が強くなっており、襦裙《じゅくん》の裾が煽《あお》られてバサバサと音を立てている。

視線を戻すと柏尚書は空を見上げておらず、かといって乗り込もうとするわけでもなくただ私を見ていた。目が合うと、彼は少し遠慮がちに口を開く。

「実は、君にあげたい物があるんだ。なかなか渡せる機会がなくて。――今なら、渡せそうだ」

意表を突かれてパチパチと目を瞬《まばた》いていると、柏尚書は馬車の中に手を入れ、長い布袋を取り出した。上下に赤い房飾りがついた綺麗《きれい》な布袋の蓋《ふた》を開けると、彼は中から筆を摘《つま》み出《だ》して私に差し出した。筆先が糊《のり》で綺麗に固まっている。

「新品の筆なんて、拝むの久しぶりです」

受け取っていいのか迷い、灯籠の明かりを近づけて照らすと、筆の真ん中には虎の模様が彫られていた。

「あれっ、虎ですか？　――綺麗ですね。柏尚書はいつも同僚に、こんな風に筆を贈られるのですか？」

私が顔を上げると柏尚書はぎこちなく瞳を逸《そ》らし、視線を筆の上に落とした。

「そういうわけではないんだが。その……、内務府に呼びつけたのは私だから、仕事で必要な物は用立てる義務があるかと思ってね」

そう言った直後に、柏尚書はまるで自分の発言に呆《あき》れたように溜《た》め息をつきながら、頭を振った。

「言い訳がましいな。――私はただ、君に贈りたかっただけだな」

(ええと、どうしよう。なんだろう、このそこはかとなくぎこちない雰囲気)

貰《もら》うのは図々《ずうずう》しい気がするけれど、こんな高価そうで立派な筆を貰わないのは勿体《もったい》なさ過ぎる。断れば守銭奴の名が廃る。

礼を言いつつ、手を伸ばして筆の先に触れる。だがなぜか柏尚書は筆の端を離さず、受け取れない。

(こ、これは一体、どういう状況なの……)

私達は意味不明に一本の筆を引き合う格好になった。

すると柏尚書の手が動き、彼は親指で虎の模様を優しくなぞった。

その瞬間、柏尚書の指の動きに合わせるように私の体が熱くなった。まるで自分が撫《な》でられたような感覚を覚えてしまう。

「あの日食堂の帰り道に見せてくれた君の笑顔が、とても印象的で。皇城に来てからは、あの笑顔が見られなくなってしまったな」

予想もしないことを言われ、ハッと息を呑《の》む。たしかに、柏尚書の前ではあれから、あまり笑っていない。

(官服を着ると人格が変わるなんて、私も人のことは言えなかったわ)

柏尚書は私の目をじっと見た。近距離で見つめ合う視線に堪《こら》えきれず筆から手を離そうとした矢先、柏尚書がやっと筆を離した。手渡された筆が、急に軽くなった気がする。

「余計なことを言ったな。気にしないでくれ。──帰るよ。ご馳走《ちそう》様」

「ま、またいらしてください」

しまった。場の空気に釣られ、心にもない社交辞令を言ってしまった。

翌朝、後宮に出勤するといつもと違う光景が広がっていた。

今日は貴妃の禁足が解かれる日なのだが、永秀宮の周りは静けさに包まれたままだった。代わりに、万蘭宮に長い列ができていたのだ。

「この列、何？」

局地的な人口密集状態に気圧《けお》され、塀に張りつくようにして困惑していると、列の中から愛琳が出てきて私のところに歩いてきた。自分の女官は列に並ばせたまま、何やら腕に布張りの箱を抱えている。

「大変なのよ、月花さん。淑妃様がご懐妊なさったらしいの。今、後宮中の妃嬪達がお祝いの品々を持ってきているところよ」

「淑妃様が！　本当に……」

「お生まれになるのが皇子様だったら、淑妃様はこれでお二人の皇子様の母となるわ。挨拶に出遅れたら大変！」

まるで参拝のような長蛇の列だ。淑妃詣と呼んだらいいのか。

午後に内務府に出勤すると、意外にも殿舎に後宮から美雨が来ていた。まだ接客で忙しいであろう万蘭宮を留守にして大丈夫なのだろうか。

美雨は副総管の机の前に立ち、抱えている重そうな布包みを差し出していた。はにかむように微笑《ほほえ》むと、端を少し広げて中を見せている。どうやら持ってきたのは月餅のようで、艶々とした茶色の生地が実に美味《おい》しそうだ。包みを認めた副総管の顔に、ゆっくりと満足げな笑みが広がる。

(本当に月餅が好きなのね。しかもあんなにたくさん、一人で食べるのかしら)

月餅の贈呈が済むと、二人は向かい合って座り、何やら話し合いを始めた。副総管が何ごとかを提案し、美雨が首を傾《かし》げてそれに答えている。

私の机まで漏れ聞こえる話によれば、どうやら内務府からも淑妃に祝いの品が贈られることになったようで、何が良《い》いか副総管が相談しているようだった。

二人で話し合う様子は、とても楽しげだ。

少し俯《うつむ》き加減に副総管を見上げ、控えめな微笑を浮かべる美雨の頬は薄紅色にほんのり染まっていて、どうしても愛琳の話を思い出してしまう。

（ええと、要するに愛琳にはあれが色目を使っているように見えるのよね）

副総管が立ち上がると、少し遅れて美雨も立った。そのまま二人で殿舎の出口に向かう。一緒にどこへ行こうというのか。

私は机上に広げ始めていた巻物から手を離すと、なんとなく席を立った。

どこで何をするのかが気になり、出て行った彼らをこっそりつけてしまう。

殿舎の階《きざはし》を下りた二人は、裏に立つ倉庫に向かっていた。副総管が先頭で、数歩遅れて美雨が歩く。

二人に気づかれないよう、殿舎の角で壁と一体化して観察していると、副総管の声が聞こえた。

「内務府からお祝いを贈ろうにも、淑妃様がどの櫛《くし》をお気に召されるか、私達では好みが分からないからね。美雨なら一番よく知っているだろう。どれでも構わないから、見繕ってくれ」

「はい。お任せくださいませ。華公公《かゴンゴン》」

答える美雨の声は、とても嬉《うれ》しげだった。特に副総管に呼びかける最後の一言には、はっきりと甘さが含まれていた。

副総管が微笑を浮かべ、ゾクリとするほど妖艶な薄い唇から発せられた囁《ささや》きが、私の耳にもかすかに届く。

「可愛《かわい》い人だね、本当に」

壁に張り付いたまま、息を殺す。聞いてはいけないものを、聞いてしまった気分だ。

(副総管も、あんなことを言うのね。意外だわ)

倉庫の扉が開くと、二人は身を寄せ合うようにして中へと入っていく。

愛琳は美雨を一方的に非難していたが、これを見る限り副総管も満更でもないようだ。

殿舎の角から飛び出し、思わず倉庫の前まで追いかけてしまう。

とはいえ、流石《さすが》に倉庫の中に入るわけにはいかない。

閉ざされた倉庫の中の二人を気にしつつも、殿舎の中に戻る。

愛琳の話は、もしかしてただの妄想ではないかもしれない、と思いながら。

朝からほとんどの妃嬪達が万蘭宮に出向いたため、内務府の仕事はかなり暇だった。

お陰で今日は仕事が早く終わり、日の入りのかなり前に宮城を出られたので、久々に白理の繁華街を歩いた。

蔡織物店は、桃下通りの外れに位置している。

内務府に勤め始めてから顔を出していなかったので、この際せっかくだから弟が切り盛りしてくれている織物店の様子を見ていきたい。

店の入り口に着くと、まずはいつもの癖で外観の清潔さを確認してしまう。ごみは落ちてないか、埃《ほこり》や汚れはないか。

変わらぬ様子に安心して入店すると、あれっと肩すかしを食らった。

客が、いない……。

「店長ではありませんか！　いらしてくださったんですね」

私にすぐに気づき、番頭が駆け寄ってくる。少し遅れて弟も箒《ほうき》片手にやってきた。

「急に来てごめんなさい。仕事が早く終わったの。それにしても夕方のかき入れ時なのに、今日は閑散としてるのね」

番頭が肩を落とし、溜め息をつく。

「そうなんですよ。恥ずかしながらここのところ、近くにできた同業店に客をゴッソリ取られてしまった状態でして」

そんな話は聞いていない。ぎょっとして問うように弟を睨《にら》む。

「黙っててごめん、姉さん。余計な心配かけたくなかったんだ」

「その気遣い、間違ってるから！――そんなに良いものを売ってるお店ができたの？」

「華商店といいまして、織物専門店ではないのですが、店舗の立地がうちより良《い》いんですよ。店構えも大きく、何より最近織物に力を入れ始めたようで、高級な生地も驚くほど値打ち価格で売っているものですから、なかなか太刀打ちができません」

華商店の状況を番頭と弟が長々と説明をしてくれる間、客はついに一人も訪れなかった。

折角立て直した店が、傾きかけている。

商売は上り調子だと思っていても、ふとしたきっかけで急に坂道を転がり落ちる。

(私、どうしてこんな時に内務府なんかで働いているのかしら！　ああ、歯痒《がゆ》い！)

危機感でいっぱいになりながら我が家の店を後にすると、早速件《くだん》の華商店に向かう。

敵の偵察に行かなければ。

桃下通りの中心部は道幅も広く、大きな食堂が軒を連ね、最も賑《にぎ》やかな場所だ。華商店は探し回らずとも、すぐに場所が分かった。

店の外まで客が溢《あふ》れ、店頭が活気に満ちていたからだ。

客のふりをして店内の偵察を終え、再び通りに出た私は足取りも覚束《おぼつか》なかった。思わず頭を抱える。

(惨敗だったわ。まずい。これは非常にまずいわ)

金糸をふんだんに使った質の良い織物が、信じられないほどの手頃価格で売られている。

その上、織物だけでなく簪《かんざし》などの装身具も豊富に扱っていて、一店舗で装いが揃《そろ》うのが素晴らしい。

うちの店と比較すると、何一つ勝てなかった。何より悔しいのは、店内の雰囲気というか、勢いのある空気があったことだ。間違いなく、華商店には波が来ている。

けれど今の私が内務府のことと家業を同時にこなすのは、不可能だ。

どうしたものかと悩みながらフラフラ歩いていると、桃下通りを一本奥に入った区画に視線が吸い寄せられた。驚くほど広い敷地に、大きな屋敷が建設中だったのだ。

「凄《すご》いなぁ……。どこの貴族のお家《うち》かしら。豪邸じゃないの」

「あの新築の物件は、君もよく知ってる方のご実家だよ」

突然背後から話しかけられ、ギョッとして振り返るとそこには柏尚書がいた。

官服である濃い紫色の袍《ほう》ではなく、前開き部分を交差させず真っ直ぐに垂らした瑠璃紺色の半臂《はんぴ》をゆったりと羽織っている。今日は非番だったらしい。

「柏尚書……！　こんな所で、偶然ですね。――あのお屋敷をご存じなんですか？」

「あの屋敷は、内務府の華副総管の実家なんだ。商売に成功して、すぐ近くで華商店を経営しているとか」

意外な事実に、柏尚書から目を離して再度屋敷を凝視する。

そういえば、前に陵が言っていた。副総管は親に御殿を建てている、と。

「まさか副総管のご実家だなんて。それにしても、巨大なお屋敷ですね。その華商店は織物も売っていて、お陰で蔡織物店は最近閑古鳥が鳴いているらしいんです」

思わずぼやくと、柏尚書は苦笑した。

「なるほど。実は最近蔡織物店でよく買い物をするけれど、康輝君が手持ち無沙汰そうな日が増えた気はしていたんだ」

「えっ……。柏尚書がうちで、お買い物を？」

ありがたくも、思わぬ情報に狼狽《うろた》えてしまう。柏尚書は少し照れ臭そうに肩を竦《すく》めた。

「君が立て直した店だから、見てみたくてね。康輝君にも会えるし」

「色々とご支援、ありがとうございます」

「ご支援というか、今ではあの店が好きだから、通っているだけだよ。今日も帯を買いに行ったんだが――、その前に随分落ち込んだ様子で君が店から出てきたから、つい追いかけてきてしまったよ」

落胆しすぎて周りが見えておらず、近くに柏尚書がいたなんて気づかなかった。

道の先から、楽しげに会話する二人組の女性達がこちらに向かって歩いてくる。焦燥感でふらつきながらも、道の端に避《よ》ける。もうすぐ夕食時だからか二人とも串付き肉を手に持っていて、ふわりと後から香ばしい肉の香りがして食欲をそそる。反射的にゴクリと喉を鳴らしてしまう。

桃下通りにはぽつぽつと灯籠が灯《とも》され、夜の顔を見せ始めている。途端に自分が空腹であることに、気がつく。

店の売り上げが伸びず、毎日お腹《なか》を空かせていた子どもの頃の日々は過ぎ去ったと思っていたけれど、この先我が家にまた起こり得るのだ。

(怖いよ……。どうしよう)

無意識に銭入れの巾着を握り締める。

私が無言で賑やかな桃下通りの方に顔を向けていると、柏尚書も釣られてそちらに視線を移してから、私に言った。

「どうだろう。この後もし用事がないのなら、桃下通りで一緒に夕食を食べないか？」

急なお誘いに驚きつつも、同じく肉を見て急な空腹を覚えたらしいことに親近感が湧く。

でも外食は金がかかる。

「とってもありがたいんですが、まだお腹が空いていない上に今日は持ち合わせがなくて。

──今日はというか、いつもないんですけど」

「勿論《もちろん》、私が奢《おご》ろう」

官服を着ていない柏尚書は、なんて優しいのか。

「私やっぱり、急に猛烈な空腹を感じ始めました」

一瞬柏尚書の目が見開かれ、眦《まなじり》が下がったかと思うと笑い出した。

「分かりやすい翻意だな。――空腹なら、丁度いい。お勧めの食堂があるから、今から一緒に行こう」

「前にお話しされた、粽《ちまき》のお店ですか？」

「いや、別の食堂だよ。粽はまた別の機会に行こう」

また私を食事に誘ってくれるつもりなのかな、とドキッとしてしまう。

「では行こう」と歩き始める彼に、戸惑いながらもついていく。大きな背中に「食事代」と書かれているようで、ついうっとり眺めてしまう。


柏尚書が連れて行ってくれたのは、肉末焼餅《ロウモーシャオピン》が有名な食堂だった。

お見合いに利用した食堂よりは、高級感が強くなくてやや入りやすい。とはいえ店内の装飾や調度品はどれも安っぽさがなく、ざっと見た限り客層も上品そうだ。

気後れしつつも、まずは食事だとばかりに焼餅に手を伸ばす。

肉末焼餅は小麦粉を捏《こ》ねて胡麻《ごま》を表面にたっぷりとまぶした丸い焼餅に、切れ込みを入れて自分で肉そぼろを詰めて食べる料理だ。

胡麻のさくさくした歯触りと、甘い肉そぼろの旨《うま》みがたまらない。

肉そぼろを溢《こぼ》さないように細心の注意を払って食べるのが、ちょっと難しい。

胡麻一粒も無駄にすまいと必死に食べていると、柏尚書は自分の箸を止め、私に尋ねた。

「美味《おい》しいか？」

「はい！　実は初めて食べるんですが、焼餅の中に飛び込みたいくらい、美味しいです！」

「君は実に奢り甲斐《がい》があるな。気に入ってくれたなら、いくらでも頼もう。好きなだけ飛び込んでくれ」

最初の二人きりの食事会とは違って、今回は会話がなかなか弾んだ。

内務府の仕事の話や、後宮の妃嬪《ひひん》達の話。そういった共通の話題が互いにあるために、会話は途切れなかった。

特に柏尚書は愛琳の話をすると、とてもよく笑った。笑い話をしているつもりではないのだが、愛琳の言動が面白いらしい。

食事も終盤に差し掛かり、注文した杏仁豆腐《あんにんどうふ》が配膳されると、彼は銀の匙《さじ》を手にしたまましみじみと言った。

「杏仁豆腐は祖父の好物でもあってね。祖父は鍋の中に作らせて、柄杓《ひしゃく》で掬《すく》って食べるほど好きだったよ」

「そ、そんなに大量に……？　大変な甘党ですね。柏尚書のお祖父《じい》様は、あの有名な衛将軍ですよね？」

柏尚書は杏仁豆腐の表面をじっと見下ろし、少し考えてから答えた。

「子どもの頃は、とても怖い祖父だったよ。杏仁豆腐を食べている時だけ、祖父が人間らしく見えたものだ」

「同じように武官を目指せとは、言われなかったのですか？」

何しろ有名な将軍だ。一族の誇りだったに違いない。そう思って尋ねると、柏尚書は自分が対照的に文官を務めていることが気まずくなったのか、苦笑した。

「実を言うと、言われ続けていたよ。両親は、今の私を見ても褒めてはくれないだろう」

私も妃嬪になれと言われ続けてきたのだ。目指せと言われたものは違えど、子どもの頃の柏尚書に親しみが湧く。

それにしても、尚書の地位を褒めないなんて。

柏尚書は酒を仰いでから続けた。

「でも祖父の仕事の話を家で聞いていると、とてもだが同じ道を歩む気にはならなかった。

特に、暴動から処刑に至る楊皇后の話は子どもにはとてもきつかった」

その名が柏尚書の口から出て、かすかに緊張してしまう。処刑した本人の孫なのだから。

「衛将軍は処刑について、どんなお話を？」

水を向けてみると、柏尚書は彼が聞いた三十二年前の出来事を、話し始めた。

楊皇后は、当時の皇帝から最も寵愛《ちょうあい》を受けていた。だがやがてその親兄弟含めて権力を持つようになると、彼らは各地で横暴な振る舞いをするようになった。

こうして非難の的となった彼女は、実母の墓参りのために珍しく外出した折、民による暴動にあったのだ。

楊皇后は女官と侍衛達の手を借り、どうにか近くの州府に避難した。

その少し後、皇帝の命を受けた柏衛将軍が大量の禁軍兵達を引き連れ、州府に駆けつけた。この時楊皇后は、将軍は自分を助けに来たのだと信じて疑わなかった。

だが柏衛将軍が捕らえたのは暴徒ではなく、楊皇后の方だった。膨れ上がる暴動を鎮めるために、楊皇后を処刑する決断を下したのだ。

驚くべきことに、庇《かば》う者はいなかった。何より、皇城にいる皇帝はこの頃譲位を迫られ、弟である新皇帝が彼女の処刑を命じたのだ。

自分が処刑されるという展開が理解できず、愕然《がくぜん》とする楊皇后に将軍は言った。

「気づくのが遅すぎたのです。ご自分が傾国の皇后として民から憎まれているのを」

こうして州府のそばの大きな橋の近くで、楊皇后は生涯を閉じた。

柏尚書は淡々と話したが、私が楊皇后の最期を具体的に聞いたのは初めてだったので、内容の重さを受け止めるのに少し時間が必要だった。

沈黙の後で、柏尚書はぽつりと呟《つぶや》いた。

「祖父はいつもこの話をする時に、とても辛《つら》そうだった。後悔していたんだと思う」

「そんな……。楊皇后は世紀の悪女と呼ばれているのに」

英雄のはずの将軍の孫が、悪役を庇うのは腑《ふ》に落ちない。

「楊皇后自身は後宮の奥深くにいて、一族の横暴と直接の関わりはない。民の怒りの熱を冷やすために、そして新皇帝の求心力を高めるために命を利用された面もある」

「とはいえ、贅沢《ぜいたく》の限りを尽くして一族の重用を皇帝に頼んだのは、皇后自身です」

歴史の中で楊皇后はずっと悪役だった。血税を湯水のように使った庶民の敵だ。楊一族の傍若無人ぶりはあまりに酷《ひど》く、彼らが乗る馬車は桃下通りで子どもを轢《ひ》き殺しても、立ち止まりもしなかったほどだった、と言い伝えられている。

「不幸なことに、楊皇后の周りには当時彼女を諌《いさ》める者もいなかった」

「けれど……耳に痛いことを進言する女官や侍女達を排除したり、彼女達が忖度《そんたく》しなければならない空気を作ったのは、皇后自身なのでは？　私は正直なところ、楊皇后に同情はできかねます」

私の中で楊皇后はずっと非難されるべき歴史上の人物だった。

楊皇后は一族に利用されただけだ、という柏尚書の考え方はすぐには理解しがたい。楊皇后の処刑を決断した新皇帝は優れた治世を行って現在の繁栄の礎を築き、彼に批判的な声は後世上がらなかったことも大きい。

なんとなくぎこちない空気が流れる。

杏仁豆腐を食べ終わると、柏尚書は言った。

「祖父は楊皇后亡き後、ただ一人命日に供物を忘れなかったんだ。十年前に亡くなるまで、楊皇后を処刑した橋に毎年行って、彼女の好物だった芝麻球《ごまだんご》を供えていた」

柏衛将軍が弔う姿など、想像もしなかった。それも毎年だなんて。

「伝説の英雄にも、私達が全く知らない葛藤や思いがあったんですね」

「祖父自身が自分を英雄だと思ったことは、一度もないだろう。そしてそれは私も同じだ」

ぽつりと呟いたその一言は意外で、寂しげに聞こえた。お見合いの席で、真剣な眼差《まなざ》しで私の先祖を何度も称《たた》えていたことを思い出す。

「だからこそ、私は世間の祖父の名声に驕《おご》りたくない。あくまでも自分の手で切り開いた道を行こうと思っている」

煌《きら》びやかな経歴の陰で、私には思いもよらない苦悩があったのだ。食堂で出会った最初の輝かしい姿からは想像がつかなかった人間的な一面かもしれない。


食堂を後にすると、外はすっかり暗かった。

街路樹が黒々とした影と化し、行き交う人々は皆手に持つ釣り灯籠を頼りに歩いている。

柏尚書に別れを告げようと顔を上げると、彼は街路樹の下に出された小さな屋台を見ていた。小ぶりで簡素な木の机の上に、「占」と書かれた紙の灯籠が置かれ、髭《ひげ》の長い老人が座っている。

机上には玻璃《はり》球のように透明な、豆粒ほどの石がたくさんばらまかれており、灯籠の明かりを受けてぼんやりと輝いている。

食事帰りの客を狙った、占い師の屋台だろう。

高級な食堂の近くに出店しているのは、客の金払いの良さを見越してに違いない。

不確かなものに大切なお金を使いたくないので、私は占いに全く興味がなかった。

が、占い師は柏尚書と目が合うなり、彼をひたと見て口を開いた。

「そちらのご夫婦。お帰りの前に、一つ占いはいかがかね」

（ご、ご夫婦……!?）

どうやら人を見る目はあまりないらしい。占いの腕は大丈夫か。

柏尚書は占い師に近づくと、手を左右にヒラヒラと振った。

「私達は夫婦ではない」

「おや、そうだったか。まだ夫婦ではなかったか」

まだ、というのも違うけれど。

「お客さん達、間違えてしまったお詫《わ》びに、お安くするからいかがかね？　仕事運に恋愛運、金運その他なんでも任せてくれ」

柏尚書は「面白そうだ」と言うと、占い師の向かいに置かれている簡素な長椅子を引き、そこに腰を下ろした。

場所を空けて座ってくれたので、気が引けつつも隣に座る。

占い師は髭まで真っ白で、おまけに眉毛が長くて風にそよいでいた。

「まずはお二人の仕事運を見ようかね。お二人とも、利き手で石を交ぜておくれ」

言われるまま、机上に広がる親指の先ほどの石に手を伸ばし、数十はあるそれをジャラジャラと転がして円形に広げていく。

銭の音もいいが、石がぶつかり合う音も涼しげで耳に心地よい。

占い師は私達の指先で衝突する石の上に視線を落とし、口を開いた。

「旦那さん。あなたは幸運の星の下に生まれているね。ずっとお仕事もうまくいってきた。でも今は少し影が差していて、正念場だね。ただし、まもなく道は開けるから心配無用だ」

柏尚書の煌びやかな装いを見れば、彼が幸運の持ち主だと誰でも分かるだろうに。

猛烈に抽象的な内容に首を傾《かし》げるが、隣に座る柏尚書の様子を窺《うかが》うと、純粋に受け入れているのか、納得したように何度も頷《うなず》いている。

続けて占い師の眉毛に埋もれた目が、私を捉える。

「さて、お嬢さん。なかなか苦労をされてきたようだね。最近は上り調子だったかもしれない」

「ええ、そうですね。そうかもしれません」

抽象的な見立てを話されたので、私も抽象的に答える。

「でも残念ながら、ちょっと怖い未来が見えているね」

びっくりして手を石から離すと、占い師は私の人差し指の下にあった石を右手でつまみ上げ、眼前にかざして目を眇《すが》めて覗《のぞ》き込んだ。

「お嬢さんは誰かの業を背負っているね。それも直接自分には関係ないのに、いつの間にか背負うことになった業だ」

困惑して柏尚書と目を合わせる。占い師はつまんだ石を見つめたまま、うんうんと幾度も頷いている。

占い師は柏尚書の指の下の石を左手で拾うと、右手の石とくっつけ、にっと笑った。

「思った通りだ。お二人さんは、とても相性がいいよ」

再び思わず柏尚書と視線が交わってしまったが、恥ずかしくてすぐに目を逸《そ》らす。心臓が勝手に暴れてしまう。

いい加減なことばかり言う占い師だ……。

「お二人さんは、お互いにピッタリだ。きっと近いうちに、欠かせない存在になる。美男美女同士だしね」

(柏尚書と私が？　そんなこと、あり得ないのに)

恥ずかしくて隣に座る柏尚書の顔を見られない。――と思いつつも、今彼がどんな反応をしているのかは、少しだけ気になってしまう。

占い師は石を机上に下ろすと、不意に私の顔をじっと見た。やがて口角がゆっくりと下がり、彼は掠《かす》れた声で呟いた。

「驚いたな。──お嬢さんには、死相が出ている。それもかなり差し迫った死相だ」

「えっ、死相!?」

今度は言うに事欠いて、死の予言か。あまりの内容に困って柏尚書を見上げる。

(この占い師、間違いなくインチキです!)

なんとかそう伝えたくて、困り果てた表情を作って柏尚書の袖をそっと摑《つか》む。

すると柏尚書は眦《まなじり》を下げて優しく微笑《ほほえ》んだ。おまけに私の背中に腕を回し、肩をポンポンと優しく叩《たた》く。

「大丈夫、きっと心配ない。最後まで聞いてみよう」

柏尚書は顔を上げると、やや険しい顔で占い師を問い詰めた。

「死相とは、どういうことだ?」

「旦那さん、焦らないで。この特製護符があれば、お嬢さんはきっと危機を免れる。一枚、百銭だよ!」

(高っ!! こうきたか。……単なるぼったくりじゃないの!)

呆《あき》れ果てて言葉も出ない。しかも護符とやらは小さな木の板に雑な字で、文字通り「護」と書かれているだけだ。字が雑過ぎて、片方にはみ出ているし。

材料は道端で拾ったらしき板切れだ。すなわち原価なし。

筆ではなく指に墨をつけて書いたように見えるので、墨代は微々たるもの。

つまり、売れればほとんど百銭が丸儲《もう》けだ。最高に美味《おい》しい商売だ。

折角ですけど買うつもりはありません、と占い師に言おうと口を開いて息を吸い込んだ矢先。柏尚書が机に身を乗り出すと、毅然《きぜん》とした声で言い放つ。

「是非とも、買わせてくれ」

何を言っている。占い師が答える前に、割り込んで口を挟む。

「ちょっと冷静になってください。百銭ですよ？」

「私は今、至って冷静なつもりだよ。死相と聞いて放っておくわけにはいかない」

「でも、醤油《しょうゆ》瓶を三十三本買ってもお釣りがくる価格ですよ？」

「なぜ何でも醤油を基準に？　醤油はそんなに必要なくても、今護符は必要でしょう」

正気か、天下の戸部尚書様。あれはただの、板切れなのに。

胸元の袷《あわせ》から財布を取り出し、本当に支払おうとする柏尚書の腕を思わず強く摑む。

「あの、失礼ながら確認したいんですけど……科挙、一発合格されたんですよね――？」

すると柏尚書は動きを止め、摑まれた腕をチラリと見てからなぜか少し嬉《うれ》しそうな表情を浮かべた。

「勿論《もちろん》。心配はいらない。――百銭は私には、大した出費ではないからね。たとえ落としても、後悔はない」

最後の一言が、脳内にガツンと効いた。

それを言われてしまうと、反論の余地がない。

この世の春が一度に来たかのような弾《はじ》ける笑顔の占い師から護符とやらを受け取ると、
柏尚書は滲《にじ》むような笑顔でその怪しい板切れを私に差し出す。

「思わぬところで役に立てて、良かった」

なんだか心底嬉しそうだ。こうなっては貰《もら》うしかない。

ピクピクと頬を引き攣《つ》らせつつ、柏尚書に感謝の意を伝える。

ただの板切れだが百銭が対価だと思うと、雑に扱えない。恭しく両手で持つと、大事に抱えた。

第四章　精査すれば帳簿は、真実を語る

大雅《たいが》国の都に涼しい風が通るようになり、鬱陶しい暑さが去っていく秋。

帰宅後にしみじみと秋の夜長だの月だのを楽しむゆとりもなく、内務府の仕事は多忙を極めていった。

殿舎の中は走り回る官吏達で騒がしく、あちこちに巻物が散らばる。

どこの商いも年末に向けて忙しくなるものだが、内務府は格別だった。

祭天の儀が迫っていたからだ。これがまた、私の悩みの種の一つだった。

右手に持つ筆をギリギリと握りしめる。

「無理よ。このままじゃ、全然だめ。戸部《こぶ》にお金を借りなきゃ、足りない」

妃嬪《ひひん》達を見学に連れて行くなんて、無理だ。

祭天の儀は、年間宮中行事の中でも重要な位置付けの儀式であると同時に、宮廷費最大の支出を占める儀式だった。テコ入れしなければ、宮廷費の圧縮は遠い夢になってしまう。

私に課せられた任務は、宮廷費を前年度の半額に抑えることだ。祭天の儀に手をつけな

ければ、目標達成には程遠い。

でもこの儀式が、巨大な足枷《かせ》となっている。

特に高額な出費となってしまう理由の一つは、舞手として雇った巫女《みこ》達を儀式で踊らせるからだ。

大雅国に繁栄をもたらすのは、天界にいる龍神だと信じられている。その龍神を年に一度、美しい舞で招くのだ。

内務府の鐘鼓司《しょうこし》に所属する宦官《かんがん》が舞を教え、楽曲の演奏に合わせて何度も練習する必要があるため、日当が嵩《かさ》む。

戸部の財布に手を出さずに済んでいたという昔は、どうやってこれを賄っていたのかと疑問に思って帳簿を遡ると、なんと三十二年前まで祭天の儀の舞は外注していなかった。

代わりに舞を披露したのは、妃嬪達だったという。

歴史を辿《たど》れば本来、龍神を呼ぶのは妃嬪達の仕事だったのだ。

古びた過去の帳簿を抱えて陵《りょう》の席に向かうと、説明を求める。

「一体どうして妃嬪達に舞をさせなくなったの？　無駄な出費になるだけなのに」

すると陵はへらっと笑った。

「ああ、それね。聞いた話じゃ、処刑された楊《よう》皇后が、舞が得意だったからなんだって。

処刑されたのも、祭天の儀のすぐ後だし。当時の皇帝が舞は後宮を堕落させると言って、以来後宮では舞うことが禁止されたんだ」

「そんな理由で……」

「組織の中では一度始めたり、逆に一度やめたことって変えるのが難しいんだよなぁ。龍神を請うならさ、伝統に則《のっと》れば妃嬪達がやるべきなんだろうけど」

舞手の選抜はこれから行われる。その費用も馬鹿にならない。

方法を変えるなら、選抜前の今決断するしかない。

「これは、はっきり言って無駄遣いよ。舞手の外注はやめて、妃嬪達に踊らせなくちゃ。これが本来の祭天の儀のありようだし、最善の金策だと思わない？」

提案してみると、陵は薄い茶色の目を数回、パチパチとさせた後で首を左右に振った。

「あの妃嬪達が仲良く舞？　無理無理。むしろ龍神も尻尾を巻いて天界に引っ込んじゃうよ。それ以前に彼女らは、僕らの言うことなんてまず大人しく聞かないでしょ」

「そ、そうかな。陛下にも、ご相談してみようかしら」

脳裏に蘇《よみがえ》ったのは、貴妃《きひ》が禁足となっていた間、連日内務府に通い詰めて私にあれこれと訴えていた妃嬪達の顔だった。彼女達も祭天の儀には、興味津々なのだ。

これは案外、両者の利益が一致する最良の解決法なのでは？

大雅国の皇帝は忙しい。

官僚達から上がってくる書類の決裁は、皇帝自身が下している。怠ればすぐに政務が滞る上に、上奏文は非常に長い。読むだけでも重労働なので、皇帝の執務は朝から晩まで時間がかかった。

そんなわけで、私のような半人前でポッと出の内務府の小役人が、皇帝に面会を願い出るというのは結構図々《ずうずう》しい行為だ。でもここで躊躇《ためら》ってしまえば、改革はできない。

この日私は、総管経由で皇帝のいる殿舎に入るお許しをもらうと、早速皇帝に会いに行った。

邪魔にならないように、要件は速やかに伝えなければならない。

皇帝の執務室に入ると、素早く本題に入る。

お目付役の陵も来てくれたが、それでは不十分だと思われたのか、副総管も一緒だ。

祭天の儀のために妃嬪達の舞を復活させても良いかを尋ねると、皇帝は顔を曇らせた。

予想通りの反応だ。

「先々代の皇帝が決めたことを、覆すのは気が進まぬ。何しろ長らく禁止されていたのだ」

「舞を復活させるのが、危ないとお考えですか？」

「何も余は、舞が後宮を堕落させるとは本気では思っていない。舞は芸の一つでしかない。だが、復活に見合う効果はあるのか？」

「舞手の選考には、通常民間で巫女を雇う百倍は金がかかります。間に入る役人と廟《びょう》に、大金が落ちるからです」

「百倍は大きいな。とはいえ祭天の儀は重要な儀式だ。失敗するわけにはいかない。あの舞は皆で心を一つにして踊らねばならない」

今の妃嬪達では、一つの舞を踊ることなどできない。皇帝はそう言いたいらしい。

ここでまず皇帝から同意を得られなければ、扉は開かれない。勇気を出して、私の考えを話してみる。

「やってみなければ分かりませんが、時間は十分あると存じます。――妃嬪様方にとっても、時に体を動かすのは大切なことかと」

意見を言い過ぎただろうかと緊張していると、皇帝は苦々しげに笑ってくれた。怒りは買わなかったらしいことに、安堵《あんど》する。

「だが誰が舞手になるかで、揉《も》めるのは必至ではないか？　淑妃《しゅくひ》も安定期に入っているとはいえ、波風が立つようなことはさせたくない」

皇帝は腕組みをしながら思案するように左右にうろうろと歩き、少し離れて膝をついていた副総管に話しかけた。

「この件に関して、令羽《れいう》はどう思う？　蔡《さい》主計官を連れてきたということは、そなたも賛成か？」

「最初は驚きましたが、或《あ》るいは妙案かもしれないと思いました」

「妙案か？　どこがだ。申してみよ」

冕冠《べんかん》からぶら下がる玉飾りを揺らしながら頭をガリガリと掻《か》き、皇帝が首を傾《かし》げる。副総管は歌うような柔らかな声で答えた。

「大雅国にとって大事な儀式を務め上げるという同じ目標に向かって、後宮の者達が一丸となる機会となります。また無駄遣い削減にもなり、一石二鳥かと存じます」

副総管が皇帝に進言してくれたことに、感激してしまう。内務府の上位の宦官の後押しは、とても心強い。

最近我が家の家計が悪化し、夕食の品数と質が目に見えて下がったのは十中八九、彼の実家の店のせいだったが、彼自身はなんていい人なのだろう。

皇帝は立ち止まると、腰ほどの高さの麒麟《きりん》の置物に片手を乗せた。

「うまくいくだろうか」

「やってみなければ分かりません。ですが陛下が練習をご覧になって舞手を直接選ばれるのであれば、妃嬪達もやりがいがあると思います。いかがでしょうか？」

思い切って提案してみると、皇帝はじっと私を見た。

「そなたは実に巧妙に余を乗せるな。――妃嬪達に舞の練習をするよう、説得をする自信はあるか？」

「勿論《もちろん》です」と私が答えると、副総管は隣で会心の笑みを浮かべ、皇帝に言った。

「これで、宮廷費を大幅に抑えられます。蔡主計官も、お役免除が近いかもしれませんね」

皇帝は麒麟の頭をポンポン、と叩《たた》くとしばらく黙っていた。

数日後。秋のお茶会に集まっていた妃嬪達のもとに出向いた私は、思い切って話を切り出した。

「皆様、今日から毎日集まって、舞の練習をしていただけませんか？」

数秒の沈黙の後、場は荒れた。案の定、彼女達は美しい顔を険しくさせて、紛糾した。

とりわけ私のせいでお気に入りの女官を失った貴妃は、物凄《すご》い形相で私を睨《にら》んでいる。

「舞は禁じられているのを知らないの？　またお前は私を嵌《は》めるつもり？」

「それに後宮で舞えば、楊皇后の亡霊に取り憑《つ》かれるわ」

「そもそも舞などずっとしていないのに、今更どうして」

異口同音に文句を言う妃嬪《ひひん》達に恐れをなし、内務府の宦官達は震え上がって殿舎の壁際まで下がった。怒れる美女達と言うのは、なかなかの剣幕である。

一人最前列に残された私は、仕方なく説得を続ける。私だけは一歩も下がるまい。

「陛下の許可は取ってあります。舞を完璧に仕上げた妃嬪様がたは陛下が選考の上、冬至の祭天の儀にて離宮で龍神降ろしの舞を踊っていただきます」

なんですってぇぇぇ！　と妃嬪達がどよめいた。後ろに立てられた屏風《びょうぶ》が振動で倒れるのではないかと心配になったほどだ。

皆が一斉に両隣にいる妃嬪達と話し始めるので、何を言っているのか分からないが、目を爛々《らんらん》とさせ頬を上気させてお喋《しゃべ》りが止まらない様子から、興奮していることだけは窺《うかが》える。

離宮行きには、予想していた以上の吸引力があったようだ。あの時、妃嬪達の声を聞いておいて本当によかった。

ただし、貴妃だけは扇子を折れんばかりに握りしめ、黙ったまま相変わらず強烈な威圧感を私に放っている。

前方に声がよく広がるよう両手を口の両端に当て、大きな声で問いかける。

「舞手の定員は三十名です。立候補される方は、挙手をお願い致します！」

ザッ、とほぼ全員の手が挙がり、一呼吸の後に貴妃の手も上がった。


「舞など無理だ」と言い切っていた妃嬪達であったが、百人近い妃嬪の全員が立候補したため、いざ練習が始まると練習会場となった太安殿《たいあんでん》はかなりの熱気に包まれた。

初日はいつものごとく、皆が対抗心剝《む》き出しだった。

貴妃は呪いの人形の事件など自分には無関係であるかのように尊大に振る舞い、事件のことなどこちらが忘れてしまうほど堂々としている。他の妃嬪達もこれを機に目立とうというのか、化粧や服飾には普段以上の気合が入っていた。

舞を指導する鐘鼓司の学芸官は実際に踊って見せつつ、妃嬪達に教えていく。

一番呑《の》み込みが早いのは、貴妃だった。

純白の衣装を羽織って貴妃が手本を見せ、両手に大きな銀の盆を捧《ささ》げ持って舞う姿は溜《た》め息が出るほど美しく、かつ艶《なまめ》かしかった。

練習は毎日あったが離宮行きがかかっているからか、妃嬪達は一日も欠かすことなく、真面目に太安殿にやってきた。

皆で揃《そろ》えて踊る部分が多いため、覚えの遅い妃嬪がいると、大抵は他の妃嬪達に鼻で笑われた。

「あれでは、陛下に選んでもらえないわね」

だが練習開始後一週間も経《た》つと、様子が変わってきた。

皆で同じくらい踊れないと、先に進まないし見栄えが悪いということに各々が気づき始めたのだ。

「違うわよ、私の動きを見なさい」

下手な妃嬪達をせせら笑っていた者達が、徐々に世話焼きとなり、動きを教え始める。

貴妃を始めとする上位の四夫人に気を遣っていた他の妃嬪達も、やがて意見を積極的に述べるようになった。

「もう少し回る速度を落とした方が、揃って見えて綺麗《きれい》ではありませんか？」などと。

日を重ねるにつれ、互いに教え合ったり助言したり、より完成度を高めるための意見が飛び交うようになったのだ。

学芸官の奏でる琴の音に合わせ、妃嬪達が淑《しと》やかに舞う。

互いの動きを目で追い、意識しつつ一つの舞を完成させる姿は、ハッとするほど新鮮で美しい。

楽の音に合わせた妃嬪達の舞は、めきめきと上達していた。皆良家の子女として育ち、舞を習ってきているから、土台が出来ているのだ。加えて持ち前の競争心と向上心が舞の腕前を上げているのだろう。

「素晴らしいです、皆様。値千金の舞です！」

感激して大きな拍手を贈り、興奮のあまり裏返る声で褒《ほ》め称《たた》えると、妃嬪達は呆《あき》れた様子ながらも、満更でもなさそうに言った。

「お前は本当に、なんでも銭に変換するのね」と。

太安殿での舞の練習が始まって、一月が経つ頃。

ついに皇帝が自ら、舞手の三十人を選ぶ日がやってきた。

妃嬪達は皆、浮足立っていた。淑妃がうずうずした様子で、言う。

「陛下に早く、お見せしたいわ」

周りにいる妃嬪達は、舞の動きに顔を上気させて「私達をきっと見直してくださるわね」と頷《うなず》き合っている。その様子を目の当たりにして、今になって気がつく。私は今まで、彼女達は単に外に出る機会が欲しいから、舞を頑張っているのだと思っていた。けれど、そうではないのかもしれない。

(一番の目標は多分、皇帝に褒めてもらうことなのね)

いずれ劣らぬ美女達だけれど、皆皇帝の目に留まる日を心待ちにして、毎日自分を磨いている。日常が、激戦の中にあるのだ。大勢で皇帝一人の愛情を争わなければならないのは、とても厳しい戦いに思える。

ただ一人を愛してその一人に自分だけを見つめてもらう方が、私には幸せに思える。

そう考えていると、不意に脳裏に背の高い人物が浮かんだ。

(いやだ、なんでここで急に柏尚書《はくしょうしょ》のことなんて、思い出すのよ!)

慌てて首を左右に振り、像を振り払う。変なことを考えてしまった。お見合いはしたけれど、私達は恋人ではないし、期待しているつもりもないのに。

大輪の花が風に揺れるような、豪華な舞に意識を戻す。

私も数字ばかり睨めっこしていないで、少し体を動かした方がいい。人様のことは言えない。

妃嬪達の底力に感心しつつ、太安殿の片隅でこっそりと私も見様見真似《みようみまね》で舞ってみる。

首を傾け、流し目を意識しながら妃嬪達が手に持つ梅の枝の代わりに帳簿を持ち、クルクルと回る。

音に合わせて体を動かすのは、下手なりに気持ちが良い《い》。密《ひそ》かに悦にいって帳簿を振り回しながら上半身を捻《ひね》る。だが次の瞬間、視界に入った人物に心臓が縮み上がった。

殿舎の入り口に立っているのは、皇帝と総管だった。

総管は目が合うなり顔を顰《しか》め、手をシッシと振り、私に踊りを速やかにやめるよう指示する。

「も、申し訳ありません！　いらしているとは存じ上げず……」

「よいよい。選抜の前に練習を覗《のぞ》いてみたかったゆえ、先触れを出させなかったのだ」

少年のように悪戯《いたずら》っぽく笑うと、皇帝は扉の桟に寄りかかり、そこから殿舎の奥で舞う妃嬪達を見た。その視線は珍しく柔らかで、穏やかだ。視線の先の妃嬪達は、貴妃の口元まで僅《わず》かに微笑《ほほえ》んでいる。

「なかなか見られるではないか。余の妃嬪達は、こんな才能を隠していたのだな。勿体《もったい》ない。しかもいつになく楽しそうだ」

「最初は色々と大変だったのですが、練習を重ねるにつれて変化がありました。皆様に連帯感が生まれているようです」

「そなたは、猛獣使いだな」

えっ、と思って固まるが、皇帝は穏やかな顔で妃嬪達を見ている。まさか猛獣とは、妃嬪達のことだろうか？

流石《さすが》に聞き返せない……。


木々が赤く色づき、外界から閉ざされた後宮にも深い秋の気配が漂う。四方を塀に囲まれていても、乾燥した風が吹きわたり頬を刺していく。見上げれば空は雲一つなく、天が高い。

そんな澄み切った空気のもと、朝から愛琳《あいりん》が五人の世婦《せいふ》を連れて、出張所にやってきた。世婦は後宮内の階級で言うと四夫人の後の九嬪《きゅうひん》に次ぐ側室達で、この五人が私を訪ねてくるのは、初めてだった。

「み、皆様、おはようございます。——今日は一体……」

愛琳は殿舎に入ってくるなり、真っ直《す》ぐに私の席までやってきた。

皆なぜか両手に大量の織物を抱えている。愛琳は席の前で仁王立ちして、口を開いた。

「おはよう。一つ確認したいのだけれど、今年の祭天の儀で舞手が着る衣装は使い回しだと聞いたわ」

急な質問に面食らう。愛琳は先日の選抜にて皇帝のお眼鏡にかない、舞手に決まっていた。四夫人を筆頭に、上級妃嬪達は元々芸事に精通していたため、粗方選ばれているのだ。舞手としては、衣装が気になるのだろうか。

「はい。妃嬪様方には不評かもしれませんが、新調するより節約になるのです。袖口に別の生地をつけて、更に尚服司《しょうふくし》の刺繍《ししゅう》女官にいくつか模様を入れさせるつもりですので、ご心配なく」

皇帝や妃嬪の衣服に携わる仕事をする尚服司には、刺繍の得意な女官が集められている。特に今年度から刺繍女官が増員され、人員が十分いるのだ。使わない手はない。

すると愛琳は同行した世婦達に目くばせし、「やっぱりね」と言うなり織物の束を私の机の上にどさりと置き、腕を組んで唇を尖《とが》らせた。

「どれも本来技量の高い、刺繍女官達が刺した刺繍よ。最近、内務府から支給される衣服の質が著しく低下しているのよ」

机上の一枚を摘《つま》み上げ、鳥や蝶《ちょう》の刺繍を眺める。

「織物店を経営している蔡家のあなたになら、分かるでしょう？」

「確かに、随分と図柄が単調ですね」

「祭天の儀の衣装作りで、刺繍女官達が忙しいのかしら？」

「いいえ、そろそろ頼もうと思っていたところで、まだ刺繍の作業は始まっていません。内務府から他に特別に頼んでいる仕事もありませんし」

「じゃあ、単に最近腕が悪くなったか、手を抜いているということ？」

「——これは、問題ですね。調べてみます」

すると愛琳と世婦達はホッとしたような笑顔を見せた。世婦の一人が、愛琳に語りかける。

「安修媛《あんしゅうえん》様にご相談して、本当に良かったです。貴妃様や淑妃様達に配られる織物は、相変わらずどれも素晴らしい物で、私達がただ単に大袈裟《おおげさ》に騒ぎ立てていると思われそうで——」

「良いのよ。世婦なら文句を言わないと思われて手を抜いたのなら、由々しき事態だもの。困ったことは、なんでもこの蔡主計官に相談するといいわ」

ええっ、なんでも——？　それは困る……。勝手に名前を広めないでほしい。

納得したように頷き合う世婦達は、織物を置いていくと満足げに爽やかな表情で殿舎を出ていく。

隣の席で見ていた陵は、げっそりと織物に埋もれる私を尻目に、色とりどりの生地に手を伸ばした。

「なるほどね～。素人目に見ても、確かにイマイチだ」

「全体的に雑な仕上がりだわ。目が粗いし、折ると基布が見えちゃう」

正直これなら蔡織物店でも購入できる代物だ。大雅国の中で刺繡の腕前が最も良い者達を集めたはずの後宮で作られた物とは、思えない。

「尚服司に行ってみましょうか。どういう感じに働いているのかしら」

「お喋《しゃべ》りに花を咲かせて、菓子でもつまみながら仕事してたりして～」

陵はへへへと能天気に笑った。

鮮やかな色の織物を見下ろし、降って湧いた問題に頭を抱える。

陵と早速尚服司に向かうと、彼の予想に反して女官達は忙《せわ》しなく働いていた。

ずらりと並んだ機織り機の前に女官達が座り、一糸乱れぬ様子でカタカタと動かしている。

その向こう側にいる女官達は、木枠に入れた布に真剣な眼差《まなざ》しで糸を刺していく。

私語もなく、皆テキパキとなすべきことをしているようだ。

私と陵の訪問に気がついた年嵩《としかさ》の女官が、早足でこちらに歩いてくる。機織りの女官達とは襦裙《じゅくん》の色が違うから、恐らくここの女官長だろう。

簡単な挨拶を済ませると、見学に来た適当な理由を急ごしらえする。

「突然押しかけてご迷惑おかけします。近頃増員しましたので、予算の執行が適切だったか様子を見に参りました。――家業が織物店でして、個人的に興味もございまして」

歩きながら一番手前にいた女官の手元を見ると、大変美しい刺繍をさしている。雲間を飛ぶ鶴の刺繍だ。

(見事だわ。なんて美しいの……)

雲は二色で表され、金糸と銀糸が使われている。とても細かくて、愛琳達が持ってきた代物とは比ぶべくもない。

思わず讃《たた》えようと口を開きかけ、おやっと言葉が引っ込む。隣に座る女官も、極めて似た図案の刺繍をしているのだ。

「よく似ていますね。模様が被《かぶ》ると、妃嬪《ひひん》達から苦情が来ませんか……?」

妃嬪達はいつも互いに、自分達の服飾が同じ色や模様で被らないよう、細心の注意を払って身支度をしている。特に上位の四夫人と被るのはご法度だ。

するとおろおろと目を泳がせる刺繍女官に代わり、女官長が答える。

「妃嬪様にお選び頂き、選ばれなかった物は無駄にならぬよう、外部の業者に販売しております」

宮城では城の堀の鯉《こい》や妃嬪達の水墨画を売り、宮廷費に還元している。ここでもそうしているのだ。

殿舎の壁沿いに造り付けられた棚には、細かな染色がされた光沢ある反物が、びっしりと置かれている。庶民には手が出ない、金糸や銀糸が巻きつけられた太い糸巻きも、溢《あふ》れんばかりに並べられている。織物店で働く私にとっては、宝物庫のようだ。

一口に金糸と言っても、使われる金の純度は色々なのだが、くすみなく黄金色に輝く高級なものばかり揃《そろ》っているようだ。なんて贅沢《ぜいたく》なのか。

棒状の金糸の糸巻きを一つ手に取ると、窓から差し込む陽光が反射し、キラキラ光る糸の表面に目が釘《くぎ》づけになってしまう。

金糸を針に通す女官に、何気なく尋ねる。

「この糸巻きは、一本幾らですか？」

女官は困惑顔で作業を止めつつも、五百銭だと答えてくれた。この大きさの糸巻きであれば、普通の糸なら五銭ほどで買える。高価なものとは知っていたが、まさかそれほど高いとは……。

「糸巻き一本で、何本の帯の刺繍に使いますか？」

「小さな刺繡でしたら、帯十本分くらいです」

溜《た》め息しか出ない。糸に触れないよう、慎重に棚に戻す。

陵が手を伸ばして金糸を指先でいじり始めたので、慌ててそれを止めて糸巻きを取り上げる。

「そろそろ、戻りましょう。ここの皆さんの素晴らしいお仕事ぶりに、大変感銘を受けました」

これ以上邪魔すまい、と皆に丁寧に頭を下げて、尚服司を後にする。

陵は外に出ると、出張所までの小道を歩きながら首をコキコキと鳴らした。

「肩透かしだったな〜。みんな頑張って仕事してたぞ」

「そうね。流石は大雅国の刺繡女官達ね。どれも逸品だったわ。金糸や銀糸がたくさん使われてて」

けれど、不思議だ。愛琳達が持ち込んだ品々には、これらが使われた形跡が全くなかった。出来の良い刺繡布の全部が四夫人の宮に迎えられたとは、さすがに思い難《にく》い。模様が完全に被るものもあったのだから。

女官達の懸命な作業の結果が、どうも妃嬪達の衣服に繫《つな》がっていない。まるで大きな穴から、大量に成果が漏れているみたいに。

「ちょっと、調べてみましょうか」

「調べるって、何を？」

「余剰の刺繍布は、いくらでどのくらい売られているのかが、気になるの」

似たような刺繍布ばかり作っていることも気になった。

宮廷費の一部なのだから、記録は内務府の帳簿に残されているはず。

後宮から外部に売られた刺繍布は、予想以上に大量だった。

内務府の書庫の床に座りこみ、陵と帳簿を広げる。数字を目で追いかけ、見落とさぬよう指で辿《たど》る。

「見て。内務府は余った帯のうち、一番高い帯でも外部にたったの四十銭で売ってるわ」

「本当だ。でもたったの――って、四十銭って高いよな。だって仕入れ値でそれなら、店頭に並ぶ時は三倍の百二十銭くらいにはなるもんだし？　僕ならどうひっくり返っても買わないな」

「違うの。安過ぎるわよ。だって、金糸の刺繍があれば糸の原価だけで五十銭は超えるはずなんだから」

糸の原価を割る価格で売れば、後宮には損しかない。こんな商売は有り得ない。

これでは宮廷費を潤わすどころか、逆効果じゃないか。

「どこが買ってるのかしら。こんなにお得な仕入れなら、蔡織物店で買いたいくらいよ。羨ましい！」

「買い手はこれだね。帳簿の一番上にそれぞれ書いてあるよ」

思わず帳簿を両手で握りしめてしまう。

いくつかの店名が書かれており、そのうちの一つは見覚えのあるものだった。華《か》商店だ。

つい最近偵察に行った、蔡織物店の敵対店。副総管の、実家が経営する店。

「なんだかこれって、刺繡女官は妃嬪のためというより、外部に売る商品を作るのに忙しくなり過ぎているように思えない？」

「確かに。言われてみれば」

陵はガリガリと頭を掻《か》いた後、どうするのかと問うように顔を上げた。

購入店は内務府に手数料も払っているようだ。

「この手数料、いつも同じ額なのね。普通は商品代金に比例するものだけど。同じだなんて、逆にいい加減な数字に思えるわ。もしかしてここに書かれてない表に出ない手数料や謝礼があるのかも」

「書かれてない、ってどういうこと？　誰かが中抜きしてるかもしれないって？」

「そうね。宮廷費として入ってくるべき銭を、懐に収めた輩《やから》がいるのかもしれない」

とはいえ内務府の帳簿だけでは、確信が持てない。

突き詰めるなら、できれば華商店がつけている帳簿を見たい。ふと思いついて、膝を打つ。

「——あ、そうだ。戸部にも帳簿はあるはずよね。華商店が納めた売買税の記録を見れば、何か分かるかもしれない」

そこから攻めるのも一つの手だ。それに内務府の者が、戸部の帳簿まで改竄《かいざん》するのは不可能だろう。

床に散乱する巻物を大急ぎで巻き戻し、棚にしまっていく。

「私、柏尚書に会ってくるわ」

そう言い残すと、狼狽《ろうばい》する陵を置いて戸部目指して駆け出した。

半刻後《はんときご》、私と柏尚書は埃《ほこり》に塗《まみ》れながら、戸部の書庫にいた。

華商店の記録はなかなか見つからなかった。

忙しいであろう戸部の高級官吏の手を煩わせるのは、申し訳ない。

「あの、思ったより時間がかかりそうですので、私一人で探します。付き合わせてしまって申し訳ありません」

柏尚書は巻物から顔を上げ、並ぶ棚を見回した。

「この量の中から不慣れな君が一人で探すのは、無理だろう。手分けしてさっさと終わらせよう」

そう言うと柏尚書は黙って棚の方に向き直り、黙々と作業を続ける。

天井近くまである棚から、目的の巻物を探すのはかなりの骨折りだった。移動式の階段に乗った柏尚書が棚から引き抜いた巻物を、下で受け取る。

三年分の華商店の売買税の記録を探すのは、並大抵ではなかった。記載内容を確認するには、巻物を端から端まで広げなければならない。その長い巻物のごく一部に記載があるのみなので、手当たり次第に巻物を広げて探さないとならない。

敷く布もない冷たい床に長時間座り込んでいると、体の芯まで冷える。

狭い空間に燃え易《やす》いものがたくさん詰め込まれているので、書庫で火鉢を使うのは厳禁なのだ。暖が取れず、耐えるしかない。

足と手の指先は、寒さで感覚が鈍り始めている。耳の先も感覚がなくなってきている。

顔を上げれば、棚と棚の狭い空間には大量の埃が舞っていた。鼻から下に巻いた手巾を、改めてきつく結び直す。

柏尚書も埃を吸い込まないよう、口周りに手巾を巻いている。

早く終わらせねば、と凍える手を擦《こす》り合わせて暖を取り、二倍速で巻物を開いていく。

黙々と作業をし、窓から差し込む日が傾きかけた頃。

柏尚書は赤金色に染まり始めている窓の外を見やりながら、言った。

「もうすぐ暮鼓《ぼこ》が鳴ってしまう。そろそろ内務府に戻った方がいい」

「柏尚書も、お仕事にお戻りください。続きは私が明日やりますので」

「そうしよう。階段を片付けておくから、先に帰っていてくれ」

仕方がない。明日また、探そう。

逸《はや》る気持ちを抑え、お言葉に甘えて書庫を後にする。


大急ぎで内務府に戻ると、帰宅するために自席を片付けた。

今日はもう、尾黒《おぐろ》に会いにいく時間がない。

内務府を後にし、皇城の外に出ようと大路を急ぐ。ちらりと戸部の入る殿舎の方角を見ると、隣に立つ書庫の中がまだ明るいことに首を傾《かし》げた。窓から明かりが漏れている。

まさか、まだ柏尚書が中で作業を？

流石《さすが》にもう戸部に戻っているだろうと思いつつも、念のため書庫の入り口に駆けつけ、中を覗《のぞ》きこむ。

天井まである棚と棚の先に柏尚書の姿を発見すると、驚いて入り口で固まってしまった。

――仕事に戻ると言っていたのに、まだ探してくれていたのだ。

棚の下には、大量の巻物が幾重にも積み重ねられている。取り出すだけで一苦労だったろうに、全てに目を通したのか、巻物を抱えて階段を上ると腕を必死に伸ばし、棚にしまっている。

日が暮れて一層気温が下がったせいか、柏尚書の吐く息が白い。鬱陶しくなったのか、顔周りの手巾は既に外され、疲労感溢れる白い顔がはっきりと分かる。

懸命に作業を続ける柏尚書を前に、咄嗟《とっさ》に声が掛けられなかった。

(どうして？　優雅な貴族のお坊《ぼっ》ちゃまのあなたが、なんでこんなことをしてくれるの？)

科挙《かきょ》に一発合格をし、出世街道をひた走る頭脳派の高級官吏のはずだ。

泥臭い仕事とは無縁なところにいるのだと思っていた。その証拠に、いつ見ても上品さを失わないのに。

英雄の孫で戸部の尚書である柏尚書が、誰しも音を上げたくなるような地道極まる仕事を、率先してやってくれるなんて。

床から拾い上げようとした柏尚書の手から、巻物がスルリと滑り落ちて転がり、その拍子に閉じ紐《ひも》が解ける。

柏尚書は疲れからか緩慢な仕草で床に膝をつき、巻物に手を伸ばして拾い上げた。

巻物の紐を閉じる前に掌《てのひら》を幾度か閉じたり開いたりしているのは、手がかじかんでいるからに違いない。その姿に、きゅーんと胸が痛む。

再び顔を上げた柏尚書が、ようやく私に気がつく。幻覚でも見たと思ったのか、存在を訝《いぶか》しむように無言で私を凝視した後で、呆《あき》れた声を発した。

「帰れと言ったのに。また宮城に泊まることになってしまう」

「柏尚書こそ。これは私の仕事ですから、どうかもうお帰りください」

「君は戸部のために動いてくれているのだから、私が手伝うのは当然だ。勤め始めてまだ間もない者より尚書たる私が先に帰るなど、そんな恥ずかしいことをするつもりはない」

乱れた袖口を慌てた様子で整えながら、なんて素敵なことを言うのだろう。逆の考えをする人も、多いのに。

「お寒いでしょう？　風邪をひかれてしまいますから、もうやめましょう。これ、私も片付けますね」

急いで床上の巻物の束に手を出すと、柏尚書が片手で私を制止する。目が合うと彼はニヤリと笑った。

「実は、あとはしまうだけなんだ。——探し物は、これだろう？　三年分の華商店の売買税記録だ」

差し出された三本の巻物に、私は短く叫んで飛びついた。

翌日は前日の快晴が嘘《うそ》のように、重たい雲がどんよりと垂れ込めていた。

灰色の雲が日を隠し、朝から夕方のように暗い。

私は出勤するなり、柏尚書と書庫に直行した。

昨日探し出しておいた巻物を鷲摑《わしづか》みにして棚から出すと、床に膝をつく。雨が降り出したのか、雨粒が優しく屋根を叩《たた》く音が聞こえる。悪天候のせいで中が暗く、手提げ灯籠を引き寄せて明かりを取る。

閉じ紐に手をかけると、今度は寒さではなく興奮で手が震える。

華商店の文字を探し、素早く帳面を追っていく。

「数字が踊りますね！」

「私には単なる数字の羅列だが。君には違って見えるのだな」

「数字はお金の動きですから。チャリーンどころか、ジャラジャラと大量に飛び交う銭が、数字の向こうに透けて見えますでしょう？　戸部の上を行き交う規模ときたら、夢のようです。柏尚書が醬油瓶《しょうゆ》を基準に銭の価値を考えなくなるのも、無理はないと今なら分かります」

「いや、醬油瓶が基準なのは、君だけだと思う」

苦笑しつつも柏尚書は待ちきれないのか私の隣に座り込み、字を追う私の指先を見下ろした。棚に挟まれて狭いので、腕と腕が軽く触れ合い、どきんと心臓が跳ねる。

集中が削《そ》がれるから、少し隣にずれて距離を取ろうか。数字に焦点を当てて平静を装いつつも、頭の中は盛大に迷う。

けれど私の体はどうしてか、石のように固まって動かない。このほうが暖かいからかもしれない。どきどきするけれど、動きたくない……。

（腕が当たっていることに、気づかないふりをすればいいもの。そんなことより、仕事をしなくちゃ）

再び意識を数字に集中させ三年分の税の記録を並べて見比べると、数字は華商店の成長を如実に語っていた。

売り上げに応じて支払う売買税額は、年々鰻《うなぎ》上りだ。本当に、羨ましい限り。

けれど、数字を眺めているとおかしな点に気がつく。

「妙ですね。売買税額は顕著に増えているのに、戸部に納める移動税額はほとんど変わっていませんね」

商人に課せられる商税は幾つかの種類がある。

州を移動するごとに支払う移動税は、商品を仕入れる時に必ず発生し、そこそこ経営を圧迫する。

遠い州から仕入れると税金だけでもかなりの額になるので、店頭で売る時はどうしても高値をつけざるを得ない。

華商店は半年前まで、帯飾りや簪《かんざし》などの宝石類の販売が主力だった。これらは通常、他の州からもしくは異国から仕入れなければ入手不可能なものだ。

屋根にぶつかる雨の音は徐々に大きくなってきており、本降りになっていた。

雨音に負けぬよう、大きな声で話しかける。

「この数字ですと、華商店は商品をほとんど都の中で仕入れていることになります」

「つまり？」

「莫大《ばくだい》な売り上げのほとんどは、都の中で仕入れたものが元になっている、ということです。――もしかして宮城から不当に安値で仕入れているのかもしれません。――だとすればこれは一体、誰の口利きですかね？」

華商店で見た高品質の商品の数々を、思い出す。

「さしづめ口利きの対価は賄賂か？　いずれにせよ尚服司《しょうふくし》と外部業者双方に顔が利く者にしか、不可能だな」

私達はほぼ同時に顔を上げ、視線を合わせた。

外の雨は今や土砂降りとなっており、時折ゴォッという不気味な音と共に壁に風ごと叩きつけられ、雨音がうるさい。無言の私達の代わりに、雨が答えたようだった。

私達は思いついた名を口にはしなかったが、いの一番に問い詰めるべき人物は、明らかだった。

後宮と華商店を繋《つな》ぐ、大物宦官《かんがん》。――副総管の華令羽である。

内務府で働く凛《りん》としたその姿が脳裏に蘇《よみがえ》り、力んだ拳が下がっていく。

「副総管は男女問わず、色んな意味で皆から慕われているのに」

「表向きの評判に気を遣う必要はない。この売買を主導しているとしたら、華副総管は果たして慕われるに値する人物だろうか？」

「――違うと思います」

金庫番としては黙っていられない。帳簿を摑《つか》み、グッと胸に押し当てる。

「賄賂の受け渡しに、心当たりがあるとしたら一つです。その機会を押さえて、陛下に訴えます」

私は自分の仕事に、自信と責任を持つ決意をした。


柏尚書と倉庫で別れてから、一週間ほどが過ぎた。

相変わらず鬱陶しい天気が続く、夕方のように薄暗い昼下がり。この日副総管に来客があり、私は自分の仕事をしながらも彼らの動きをつぶさに観察した。客が副総管に手土産を持ってきていることを確認すると、いよいよだと隣の席の陵に合図を送る。

私の小さな目配せを受け、陵が内務府をそっと抜け出す。

雨の勢いで白い霧に沈む殿舎の中でも、宦官達はいつもと変わらず粛々と働いていた。いつも通りの職場の光景だ。

けれど陵が戻ったら起こるであろう騒ぎを想像すると、どうしても緊張する。

気持ちを落ち着けようと手元の紙面にて、細い筆で計算を進めていく。妃嬪《ひひん》達から要望が多かった、春景宮《しゅんけいきゅう》に代わる新しい宮の建築には幾ら必要か、見積もりを立てるのだ。

後宮の建築物の簡単な修理は宦官達が行うが、大規模な修繕や工事は、内務府ではなく戸部の管轄となる。

見積もりを作り、戸部に支払いと手配を頼まなければならない。

筆に墨汁をつけ直し、硯《すずり》から離したその時。

内務府の殿舎に、突然見知らぬ男達がドカドカと入ってきた。

「な、なんだあいつら！」

内務府の職員達が素っ頓狂な声を出して、立ち上がる。

男達は皆、襟元に赤い線が入った袍《ほう》を身につけておりその足取りに迷いはなく、真っ直《す》ぐに殿舎の奥に向かう。

「赤襟の袍！　あいつら、御史台《ぎょしだい》の官吏か？」

困惑した声がそこかしこから上がる。

御史台というのは、官吏の不正行為を取り締まる部署だ。陵が彼らを案内するかの如《ごと》く一緒に歩いていることに気づいた副総管が、何事かと叫ぶ。

私は静かに離席すると副総管の席に向かい、簡潔に報告した。

「すみません、陵に御史台の官吏を呼んでくるよう頼んだのは、私です」

私がしれっと報告すると、副総管は彼にしては珍しく憤慨した様子で勢いよく立ち上がった。だがその直後、乱入者達の最後尾にいる人物を目にし、目を見張って固まる。

御史台の面々の後を歩き、最後に入ってきたのは誰あろう皇帝だった。

皇帝が現れたため、誰もが仕事を止め息を呑《の》んでその場に低頭する。いつの間に雨が止《や》んでいたのか、皆が膝を床に突く音だけが殿舎に響く。

大股で歩いてきた男達が立ち止まり、取り囲んだのは副総管の机だった。皇帝は私の前に来ると、肩を叩いて私を立ち上がらせた。

「陛下に御史台の皆様。これは一体、何事でしょうか？」

副総管がいつもの柔らかな声で尋ねる。

皇帝は居並ぶ職員達を押しのけるようにして副総管の前に出た。副総管がより一層、深く頭を下げる。

「華令羽。この者達がなぜそなたの前に現れたのかは、己が一番分かっておろう」

皇帝の表情は冷静だが、声には明らかな怒気が滲《にじ》んでいた。彼はどちらかと言えば細身だったが、国の頂点として長らくかしずかれてきた経験がそうさせるのか、圧倒的な威厳と迫力があった。その射貫《いぬ》くような目は、全てを見透かしているように見える。

副総管は床スレスレに顔を低くしたまま答えた。

「恐れながら、何のことかお答えできかねます」

皇帝は乾いた笑い声を上げた後で、一転して険しい表情で重々しく言った。

「そなたを信頼し、引き立ててきたのは他ならぬ余だ。顔を上げて、余の目を見て答えよ」

下に向けられていた副総管の天女のような顔がゆっくりと上がり、その目が皇帝の目を捉える。

皇帝の纏《まと》う衣の胸部に刺繡《ししゅう》された龍は、あまりに精緻でこちらに今しも飛びかかってきそうな迫力がある。副総管の視線は耐えきれないようにすぐに離され、代わりに私を睨《にら》む。

視線を受けた私は、大きく息を吸い込むと副総管に語りかけた。

「この半年間、調べて気づいたんです。宮廷費が足りなくなるのは、妃嬪達の浪費のせいだけではありませんでした。宮廷費の私物化をしている者が、内務府の中にいたんです。──副総管、身に覚えがおありでは？」

「いい加減にしなさい。どんな証拠があるというんだ。君は内務府の秩序を乱したいのか？」

「乱れているので、今まさに訴えています」

殿舎中の注目を浴びる中、私は副総管の机上に置かれた月餅に近づいた。

「副総管は内外問わず慕われていて、よくお菓子をもらっていますよね。この月餅も、先ほど食材の納品業者から贈られた物ですよね」

私が月餅に手を伸ばした途端、副総管の白い頬が微《かす》かに引き攣《つ》った。月餅の異様な重さに、私の疑いが確信に変わる。両手で包むように月餅を持つと、そのまま掌《てのひら》に力を入れて真ん中から割った。黒い胡麻餡《ごまあん》の中から顔を出したのは、黄金に輝く大判の金貨。

「副総管はいつも利害関係のある商人達から、この方法で賄賂を受け取っていたんですよね？」

内務府の宦官達が顔を下げたまま、近くにいる同僚達と動揺しきりで囁《ささや》き合う。「どういうことだ、まさかあの華副総管が？」「宮廷費の横領を？」と小さな騒めきがあちこちから聞こえてくる。

副総管が部下達から不審感の交ざった声を浴び、もともと白い顔はより蒼白《そうはく》になっていく。

「ほかにも帳簿が教えてくれました。副総管は尚服司にあえて余るほど大量の刺繡布を作らせて、それを懇意の商店に売り払っていますよね」

皇帝は忌々しげに私の手の中の月餅を睨んだ後、震える腕で副総管を指差した。

「尚服司が近頃、そなたに盛んに増産を命じられたと証言している。私腹と実家を肥やすために、己の立場を利用したのか？」

仁王立ちする国の主に対し懸命に弁解を試みたのか、副総管の紅を差したような唇がたおやかに開きかけるが、小刻みに震えると何も発せられることなく、再び引き結ばれる。

その様子を見下ろしていた皇帝は腕を下ろすと、静かに口を開いた。

「華商店にも人を遣《や》り、慎重に捜査させる。心しておけ。——御史台にて、尋問せよ」

命を受けた御史台の官吏達が跪《ひざまず》く副総管の両側に立ち、腕を摑んで立たせる。

再びドカドカと足音を立てながら、男達が殿舎の出口に向かう。宦官達とは歩き方まで違うのか、彼らの足音が妙に床に響く。

副総管が御史台の屈強な官吏達に連行されていく様を、皆が呆然《ぼうぜん》と見つめる。

皇帝は出て行く直前に殿舎の入り口で立ち止まった。そうしてゆっくり振り返ると、私をじっと見つめてからよく通る声で言った。

「さすがは蔡家秘蔵の黒猫だな。……いや、虎といった方が正しいか」

猫とも虎とも同意できず、ただ頭を深く下げて皇帝が去るのを待つ。

静けさが戻ると、いつの間にか陵が隣に立っていた。彼はぽつりと呟《つぶや》いた。

「月花《げっか》からこの話を聞いた時さ、僕、何かの間違いなんじゃないかと思ったりもしたんだ。

副総管みたいな立場ある人が、不正に手を染めるはずはないって」

見渡せば内務府の同僚達は顔を引き攣らせ、混乱している。無理もない。

「陵は、御史台に訴えるべきじゃなかったと思う？」

影響の大きさを気にして聞いてみると、陵はへへっと笑った。彼は机上の巻物を手に取り、空中に放るとクルクルと回って落下するそれを、片手でまた受け止めた。

「相棒。心配そうな顔するんじゃないよ。相手があの副総管だろうと、声を上げるのが蔡主計官でしょ。疑惑を握り潰したら、逆に信用をなくしちゃうよ」

「ありがとう。陵が相棒で、本当に良かったよ」

そして陵を選んで私につけてくれた、柏尚書の慧眼《けいがん》にも感謝だ。

陵は今度は大きく肩を竦《すく》めると、口を歪《ゆが》めて笑った。

「やっぱり上に昇り詰めるのは、考えものだなぁ。莫大な金を前に、懐に入れたくなっちゃうらしいから」

「どうかな。いずれにしてもこれで、刺繍女官達も少しは無駄な作業から解放されるかな」

「かもね。手抜き作業もなくなるだろう。世婦達の困りごとが解決しそうで、よかったじゃないか」

「うん……そうだといいな」

内務府の職員達は皆仕事など手につかないといった様子で、未《いま》だ騒然としていた。たまたまやってきたどこかの宮の女官は、近くの宦官《かんがん》に一部始終を尋ね、目も口もあられもなく大きく開けて叫ぶと、踵《きびす》を返して内務府を駆け出ていく。あの様子では、宮に戻る途中で出くわす者に誰彼構わずここで仕入れた顚末《てんまつ》を喋《しゃべ》りまくるのだろう。

「嵐が去った後みたいだな」

陵が苦笑しながら、どかりと机に腰を下ろした。そのままゆっくりと首を傾け、私の名を呼ぶと窓の外を指差す。

「あ、晴れてきたね」

釣られて窓の外を見上げると、雲間からは筋状に日の光が柔らかく差し込んでいた。

副総管が連行され、落ち着かない空気でいっぱいの中、その日もどうにか内務府の一日が終わった。

後宮までもが内務府の醜聞に驚き興奮状態にあったが、ただ春景宮だけは変わらぬ静寂に包まれていた。

締め切られた宮の門をそっと開けると、伸びた雑草や木々の葉や枝から、肌に纏わりつくような湿気が充満している。

青臭い臭いに溺れそうになりながら、グラつく石畳を進む。石畳に乗せた足に体重をかけるたび、ぬかるんだ土がチャプチャプと水音を立てる。

正殿の軒下に張り巡された蜘蛛《くも》の巣は雨を吸い、より寒々しい宮の姿を晒《さら》している。

「ここのところずっと凄《すご》い雨だったけど、尾黒は大丈夫かしら……？」

上手《うま》く雨露《よ》を避けられただろうか。

今まで野良猫として生活してきたのだから、きっと大丈夫。

そう自分に言い聞かせるが、昨日できたことが当たり前のように今日もできるわけではない。もしや足を滑らせて甕《かめ》や側溝の中にでも落ちたりしていないだろうか。

「尾黒、どこ～？」

名を連呼して捜し回ると、尾黒は花壇の伸びきった植物の根元にいた。茂る葉の下で体を丸め、びしょ濡《ぬ》れで震えている。

「嫌だ、どうしたの!?　大丈夫？」

両手で急いで抱き起すと、尾黒は抵抗しなかった。私を信頼しているからではなく、抵抗する力が残っていないのだ。濡れた毛皮は冷たく、抱き上げると水滴が垂れるのに、体は妙に熱い。

体を丸め、尾の中に顔を埋める形になっている尾黒を両腕の中に抱くと、尾黒は目を開けてぼんやりと私を見上げた。

「ごめんね、気がつかなくて。もっと早く来てあげればよかった」

数字を追うのに夢中になり、弱く小さな生き物への気配りを忘れてしまった。後悔で腕が震える。

軒下に入れてやるべきか、それとも家に連れて帰って湯で温めてやるべきか。

どうすべきか暫《しば》し悩んだ後、尾黒が弱々しくニャーと鳴いた。このままでは、危ない。

そのか細い鳴き声に背中を押されるように、私は宮の外へと走り出した。

（家に、連れて帰ろう――！）

猫を抱え、出入りが厳しく見張られる朱明門《しゅめいもん》を通る時は、これまでになく緊張した。尾黒が見咎《みとが》められ、通してくれないかも知れない。

だがそれは杞憂《きゆう》だった。

二人の門番は今日に限ってなぜか宦官や女官達から何やら詰問を受けており、私が出る際の確認が手薄だったのだ。何かあったのだろうか。

門番の顔に見覚えがある気がしたが、いつ見たのか思い出せない。

門の周辺で騒ぎが起きているうちに、私はどさくさに紛れて猫を袖で覆って腕の中に隠し、出て行くことができた。

尾黒を抱いて後宮を出ると、安堵《あんど》で自然と大きく息を吐いた。

腕の中の痩せた尾黒を落とさぬよう、早足で正門に向かう。

こうして一匹の猫が外に連れ出され、後宮から姿を消した。

その少し前に、一人の女官が同じく後宮から忽然《こつぜん》と消えたことを私が知ったのは、翌朝のことだった。

第五章　不審な数字の動きは、悪意の表れ

翌日、朱明門《しゅめいもん》に辿《たど》り着くなり、私は異変に気づいた。

いつもは二人しかいない門番が、六人に増員されていた。

なぜだろうと不思議に思いつつ出張所に向かうと、突然横から飛び出してきた人物に腕を摑《つか》まれ、びっくりしてギャっと叫んでしまう。

「待ってたのよ！　こっちに来て、大変なのよ」

強引に腕を引き、近くの倉庫裏まで私を引き摺《ず》っていくのは愛琳《あいりん》だった。

倉庫の壁の陰に入り込むと、愛琳はようやく私を離した。

「昨日、大変なことがおきたのよ」

「副総管が捕まったことですか？」

すると愛琳はブンブンと首を左右に振った。

「そのことじゃないの。あの美雨《みう》が、消えたのよ。自分の荷物をまとめて、あろうことか淑妃《しゅくひ》様の宝石類まで盗んで、後宮を出て行ったんですって！」

「そんな、どうして」

「昨日の昼過ぎに副総管の失態が万蘭宮《ばんらんきゅう》に伝わると、物凄《すご》い衝撃を受けていたそうよ。もちろんそれは皆同じだったけれど、美雨はかなり取り乱して、泣いていたらしいわ」

思わず倉庫の扉に目を向けてしまう。

いつかここで見た、副総管と美雨の仲睦《むつ》まじい姿が脳裏に蘇《よみがえ》る。

「そういえば、昨日門番が詰問されていました。もしかして、美雨さんの件だったのかも知れません」

「ええ。そうでしょうね。門番が昨日の夕方、外出許可証を携えた美雨を通したと言ってるの。私は多分美雨が門に行く直前に、彼女と話をしたのだけれど」

「話を?――何を話されたんです?」

愛琳と美雨が会話をしているのを、見たことがない。珍しく感じて尋ね返すと、美雨はやや困り顔で説明をしてくれた。

昨日、愛琳は副総管が御史台《ぎょしだい》に捕まったことを知るなり、美雨の反応を見てやろうと野次馬根性を発揮して彼女を探しに行った。

永秀宮《えいしゅうきゅう》のそばまで行くと、美雨と通りで鉢合わせしたのだという。彼女は周囲を気にして怯《おび》えた様子で、愛琳を認めるや彼女の下に素早く駆け寄った。

「安修媛《あんしゅうえん》様、実は私実家に帰ることになったんです。お世話になりました」

突然話しかけてきた美雨に、愛琳は驚いた。

「訳が分からなかったわ。私、いつもあの女官を睨《にら》んでいたから。しかも餞別《せんべつ》だと言って、小さい瑪瑙《めのう》の指輪なんか押しつけてくるし」

「あの美雨さんが、餞別……？」

「しかもくたびれた臙脂《えんじ》色の巾着に入ってたのよ。変な野牛の刺繍《ししゅう》入りの。悪いけど安っぽい巾着は、捨てちゃったわ」

「それで、美雨さんはその後どうされたんですか？」

「その後は走ってどこかに行ってしまったわ。多分朱明門に向かったのね。美雨ったら、淑妃様の筆跡を真似《まね》て、門番に偽造した外出許可証を出したんですって」

どうやら色々やらかしてから、逃げたようだ。

女官は年季が明けるまで、勝手に後宮を出ることは許されない。美雨は実際には淑妃の許可なしに、出て行ったのだ。万蘭宮は今、大騒ぎなのだという。

「女官の失踪を招いた淑妃様の責任を問う声が今上がってるの。だから美雨には気をつけるべきだと私が助言したのに」

「そ、そんな助言を淑妃様にしたんですか？」

「そうよ。仲良くなれる絶好の機会かと思って。でも、凄く困った顔をされて、距離を取られるようになってしまったわ……」

行動力はあっぱれだ。

「私達、ここに来てまだ半年くらいですし、三大名家の安家出身の安修媛様は、かえって淑妃様に警戒されてしまったのかもしれません」

すると愛琳はプッと頬を膨らませ、唇を尖《とが》らせた。

「でも私の心配した通りだったわ。結局こうして淑妃様は裏切られてしまったんだから。飼い犬に手を噛《か》まれたのよ」

肩をすくめる愛琳は、不満を言う割にこざっぱりした表情を浮かべている。気がかりだったことを、聞いてみる。

「あの……でも安修媛様も、副総管が捕まってしまって、やはり落ち込んでいらっしゃいますか？」

「そうね。最初は少し傷ついたわ。——だけどお陰で気がついたの。私は妃嬪《ひひん》よ。皇帝陛下のために、ここにいるの。陛下に愛されたいと思うなら、陛下だけに心を捧《ささ》げないといけないわ。私が目指すのは、皇后だもの」

愛琳はきっぱりと言い切った。

真っ直《す》ぐ私を見つめる黒い瞳は、力強く迷いがない。

副総管がおらず、業務がうまく回らない中。ある懸念がどんどん膨らみ、頭から離れなくなった。

永秀宮を追い詰めた、例の呪い人形のことである。

不正に絡んでいた副総管は、帳簿を改竄《かいざん》できる地位にいた。彼がもしもあの一件にも、一枚嚙んでいたとすれば。私は恣意的な結論に導かれてしまったかもしれない。

思えば数字を追っていて、誘導されるような違和感はあった。呪い人形に使われた材料に特徴があり、妙な都合の良さがあったからだ。

「私、もう一度呪い人形のことを洗い直さないといけないかも」

そう伝えると、陵《りょう》は目を剝《む》いて私を引き止めようとした。

「何も、自分の仕事の粗探しをしなくても。あれはもう終わったことだし。第一、どの道香麗《こうれい》が犯人でしょ。やってないはずないよ」

「それこそ思い込みで、危ないよ。もしも間違った結論を下してしまったなら、終わらせられないし。——ちょっと永秀宮に行ってくるわ」

「いやいや、やめときなって。今度こそ熱湯をかけられかねないよ！」

焦る陵を宥《なだ》めて重い腰を上げると、一人で貴妃《きひ》のいる永秀宮に向かう。

宮の門をくぐり、庭に出ると貴妃は意外にも建物の中ではなく、庭にいた。

庭に設置された大理石の椅子に座り、机に並べた果物に手を伸ばしている。

貴妃は私の訪問に気がつくと、金柑《きんかん》を齧《かじ》りながら言った。

「意外な訪問客だこと。――淑妃が飼い猫に引っ掻《か》かれて、気を落としているのですって？」

「何のお話か、分かりかねます」

貴妃はホホホと笑った。

「しらを切らなくて良いのよ。あのよく喋《しゃべ》る新入りの修媛が、教えてくれたから」

愛琳は貴妃の宮にも出入りし始めたらしい。淑妃から乗り換えたのだろう。動くのがびっくりするほど、早い。貴妃は黒目がちな大きな瞳を、気怠《けだる》そうに私に向けた。

「今度は私が淑妃の公主を呪っていると噂《うわさ》があるんですってね。お前もそう思ってるの？」

「あれは根も葉もない、ただの噂《うわさ》話です」

「そうよね。私が呪い殺すなら、万蘭宮の皇子にするわ。公主など、どうでもいいもの」

「貴妃様――！」

滅多なことを言うものではない。流石《さすが》に他の宮の人に聞かれたら、まずい。

慌てて制止するが、宦官《かんがん》は貴妃の前に置かれた茶杯にのんびりと茶を注ぐ。ここに以前来た時のことを思い出し、つい後ずさる。あれをかけられたら、火傷《やけど》する。何しろ湯気がもくもくと上がっていて、とても熱そうだ。

だが貴妃は手を伸ばすと茶杯を傾けてそのまま飲み始めた。

風が吹き、湯気が大きくたなびく。

寒くないのだろうか。そもそも外で喫茶をするような季節ではない。勇気を総動員して、本題を切り出す。

「呪い人形の件を洗い直さなければいけないと思っています。万蘭宮で火事があった日に落ちていた香麗さんの手巾について、詳しく教えていただけませんか？」

すると貴妃はそれには答えず、正殿の前に設置された花壇の水仙に目をやった。

「陛下は水仙がお好きなのよ。私がここに来たばかりの時に、私の誕生日に水仙の鉢を贈り物として持ってきてくださったの。だから、こうして冬には水仙を咲かせて陛下に喜んでいただくの」

貴妃はなぜこんな話を私にするのだろう。意図が分からず反応に困っていると、貴妃は謎めいた微笑《ほほえ》みを浮かべた。

「私達は皆、花壇の花だわ。後宮という女だけの園で、一生懸命咲いて。誰も陛下の絶対の一人にはなれない。――でも陛下は、私がここに初めて来た日に、約束してくださったのよ。私の誕生日には、必ずこの水仙を一緒に見てくださると。その時だけは、陛下を独り占めできるの」

貴妃が立ち上がり、花壇の方へ歩き出す。その後を私が追うと、彼女は花壇の縁に腰掛け、水仙の白い花弁を指の腹でそっと撫《な》で始めた。

「あの香麗の手巾には、水仙が刺繡されていたの。私が不機嫌になると、あの刺繡を見せて私の機嫌を直そうとしたものよ。短気なところもあったけれど、気の利く優しい子だったわ。私も気にいっている手巾だったから、香麗はあれを自分で洗わず、腕の良《い》い洗濯房の女官に洗わせていたのよ。そんなあの子が、呪いで火事を起こすはずないでしょう」

貴妃の手は優しく水仙を撫でていたが、こちらに向けた肩は強張《こわば》り、ふぅっとついた溜《た》め息には怒りが滲《にじ》んでいる。

水仙の上を滑る貴妃の手が、止まる。

「戯言《たわごと》を陛下に進言して永秀宮に無実の罪を着せた黒猫には、そのうち借りをきっちり返してもらわねばね」

貴妃はゆっくりと手を花弁の上から下に滑らせると、水仙の一つをそっと握った。その手に力が込められていき、開いた白い花弁が閉じられていく。もう少し力を込めれば、花弁が茎から取れてしまうだろう。貴妃が握るその一輪の水仙は、私も同然なのだ。

「最近例の野良猫を見かけないけれど、黒猫にも消えてもらう頃合いのようね」

「野良猫の尾黒《おぐろ》は体調を崩しましたので、私が引き取りました」

すっかり元気になって今頃蔡《さい》家で母に可愛《かわい》がられている、とは流石にこの場では言えない。

白い首を捻《ひね》り、ゆっくりと貴妃が振り返る。綺麗《きれい》な眉を盛大に顰《ひそ》めながら。貴妃は呆《あき》れたように笑い、再び水仙に目を落とした。

「――本当に小賢《こざか》しい真似をするのが得意ね。案外お前が淑妃を妬んで呪ったのではなくて？」

三大名家の黄《こう》家総出で本気を出せば、私に罪を着せることなど、簡単だろう。自分の立場の危うさに、目眩《めまい》がする。

「貴妃様、そもそも呪いで出火はしません。同じく、呪いで人を病にもできません。あれはただの放火です」

「では呪い人形を作り放火した上で、香麗に罪を着せた忌々しい犯人は誰なのかしら？」

今まで開いてきた巻物が頭の中で音を立てて転がり、開いていく。拾ってきた数字と、見落とした数字。

私は手順を間違えたのだ。

例えばこの宮を突き止めるきっかけになった、青竹色の織物《おりもの》。あれは帳簿の通りに本当に、永秀宮に支給されたものだったのだろうか？　受け取った香麗は確認していなかった。香麗が主張したように、本当にもともとなかったとしたら？

なかったことは、逆にそれを証明しようがないのだ。

誰かが洗濯房から香麗の手巾を盗み、罪を着せようとしたとしたら？

拳を握りしめて勇気を出して、私に背を向けたままの貴妃に尋ねる。

「貴妃様には、お心当たりがおありなのでは？」

「香麗と仲が悪かったのは、美雨よ。手巾のことも、知っていたはずだわ」

美雨はかつて、この宮で働いていたのだ。水仙を握る貴妃の手から目を離せないまま、薄氷を踏む思いで畳みかける。

「美雨が一番憎んでいたのは、香麗ではなく貴妃様だったのではありませんか？」

貴妃の顔色が目に見えて変わる。水仙の花弁が、完全に閉じる。

私は今、母がかつてそうだったように、薄い一枚板の上に立っている。

見誤った数字を、拾い直さなければいけない。放置した部分に、小さな違和感はなかったか。洗い直せば、そこから他のものが見えてくるかもしれない。

（そうだ。変だな、とあの時思ったんだ。今朝、愛琳と話した時——）

バサバサと、遠くで微《かす》かに翼が空を打つ音がした。意識が引かれ、音の出所を視線で辿《たど》る。塀の向こうの南の青空を、椋鳥《むくどり》が羽ばたいて群れで飛び立ったようで、小さな黒い影が散っていく。

人が歩くだけでは鳥は警戒しない。恐らく結構な人数の者達と、もしかしたら輿《こし》が、こちらに向かっているのかもしれない。

貴妃の指が水仙の首を落とす前に、私は素早く手を顔の前で組み、頭を下げた。

「貴妃様。お誕生日おめでとうございます。間もなく陛下がいらっしゃることでしょう。お花が潰れてしまえば、陛下が悲しまれます」

花を包む貴妃の手が止まり、こちらを振り向くと漆黒の大きな瞳が私の目を捉える。

「なぜ、今日が私の誕生日だと？」

「陛下はお約束されたのなら、必ずいらっしゃいます。今日はきっと副総管の件でお忙しくされていて、遅れているだけです」

すると貴妃は白く細い喉を逸《そ》らし、鈴が鳴るように笑った。

「たいした自信だこと」

どうか、ここに来て。

祈るような思いで、皇帝に呼びかける。

宮を仕切る塀は身長より高く、金属の鋲《びょう》が打たれた分厚く頑丈な門の外は、ここからは見えない。

どのくらい時間が経《た》っただろう。

永秀宮の庭には私と貴妃の他に、宦官や女官も立っていたが、誰一人言葉を発しなかった。身の引き締まるような静けさの中、やがて貴妃の手が小さく動いた。

「陛下は、いらっしゃらないわ。誰かさんのお陰でね」

張り詰めるような冷たい空気を、ブチっと確かな音が聞こえた。

貴妃の手から、白い水仙の花が転がり、音もなく花壇の土の上に落ちる。

貴妃が私に向かってその赤い唇を開きかけた時。

門の向こうから、先触れをするしゃがれた甲高い総管の声が聞こえた。

「皇帝陛下のおなり」

門の前にいた宦官が急いで門に手をかける。庭にいた女官達が、裳裾《もすそ》を払って次々と地面に両膝を突いていく。

皆の動きを視界の隅に確認しながら、私は花壇の中に素早く手を伸ばし、花弁を落とされた水仙の茎を摑《つか》んで根本から引っこ抜いた。迷う暇なく、自分の袖の中にそれを押し込んで隠す。折れた水仙を皇帝に見られれば、要らぬ物議をここで醸してしまう。

貴妃は予想外の私の行動に驚いたのか一瞬目を見張ったが、直後に皇帝を出迎えるための笑顔を急いで作ると門の方へ歩いて行った。

花壇の横で膝を突いて見上げると、門が全開となり皇帝が輿から降りている。命拾いしたことに安堵《あんど》して、無意識に溜め息が漏れる。

貴妃は皇帝の前で膝を折った。

「陛下、今年もいらしてくださったのですね。お待ちしておりました」

声を弾ませて見上げる貴妃を見下ろすと、皇帝は私がいる水仙の花壇まで突き進んできた。振り返って貴妃に尋ねる。

「蔡主計官が来ていたとは。永秀宮で、一体何を？」

「祭天の儀の舞について、話し合っておりましたわ。念には念を入れるに越したことはございませんもの」

僅《わず》かな迷いもなく、貴妃はすらすらと答えた。

すると皇帝は私と目を合わせると、顎で門を指し示した。

「仕事熱心で感心なことだ。余は貴妃と水仙を愛《め》でに来たのだ。もう内務府に戻るが良い」

「御前、失礼致します」

深々と頭を下げてから、私は脱兎《だっと》の勢いで永秀宮を飛び出した。

永秀宮を出た私は、内務府に戻って陵を引っ張ってくると、ごみ捨て場に向かった。

今朝愛琳から聞いた話が気になったのだ。

(美雨は意味もなく、巾着と指輪を愛琳に渡したりしないはず。何か引っかかるわ)

もっと違和感を覚えたのは、愛琳曰《いわ》く「安っぽい巾着」だ。修媛に贈るには不自然な気がする。愛琳は何も考えずに捨ててしまったらしいが、おそらく何かあるとしたら、その巾着の方だろう。

かつて書庫で巻物を探すのは、大変だった。

だが寒空の下、ごみ捨て場で巾着を探すのは、もっと大変だった。

「くっさ～！　うわ、なんか手にベトベトしたものがついたし！」

何度目か分からない悲鳴を、陵が上げる。

私達は大きな木箱に山と積まれたごみを前に、格闘していた。

後宮内で出たごみは紙屑《かみくず》から残飯に至るまで、全て一旦ここに集められてから宮城外に運び出され、処分される。

回収されたばかりのごみ山に狙いをつけ、漁《あさ》る。

それにしても、真新しい靴からほんの少しだけ欠けた花器。まだまだ使えそうなものが、当たり前のように捨てられている。

なんて勿体《もったい》ない、と憤慨しながら格闘すること約一刻。

ようやく私は巾着袋を発見した。

「臙脂《えんじ》色に野牛の刺繍《ししゅう》！　これだわ」

掌《てのひら》ほどの大きさのそれを、両手で掲げる。

一見して中は空のようだったが、袋の隅の方は指でつまむと異物感がある。気になって指の腹で強く押してみると、何か硬いものが潰れてジャリッと音が鳴る。

「この巾着が、何だっていうの？」と座り込んでしまった陵が、眉を下げて情けない顔で見守る中、堅く絞られた上部に両手の人差し指を突っ込んで、巾着を開く。逆さにして掌の上で上下に振ると、中から茶色い屑《くず》のようなものが溢《こぼ》れてきた。

「何かしら？　気になるわ。乾燥した植物片に見えるけど」

「落ち葉のカスでもわざわざ突っ込んだのかねぇ。まさかね」

これはどんな意味があるのか。美雨は、何を言い残したかったのだろう。

貴妃と淑妃両方の宮を知り、副総管ともただならぬ仲だった美雨。

美雨がいた万蘭宮の人なら、何か知っているだろうか。

万蘭宮を訪ねると、淑妃は私を歓迎してくれた。

美雨がいなくなったことで総管から質問攻めにされた直後だったらしく、淑妃は少しやつれていた。

「ご懐妊中でお疲れが出やすいところに、急にお邪魔して申し訳ございません」

正殿に通され、まずは訪問を詫《わ》びると淑妃は可憐《かれん》に首を左右に振った。

「いいえ。小さい頃に遊んだ仲ですもの。もっと頻繁に遊びに来てくれればいいのに」

心から嬉《うれ》しそうな笑顔でそう言うと、淑妃は私に茶と菓子まで出してくれた。

「実はさっきまで永秀宮に行っていたのですが、貴妃様は私に色々とお怒りで」

「まぁ。黄家の恨みを買うと、大変よ。困ったことがあったら、何でも私に言って。私にできることなら、何でもするわ」

「ありがとうございます。――あの、美雨さんは元は永秀宮にいたと聞いたんですけど。良かったら差し支えない範囲で、美雨さんがこの宮に移ることになったいきさつを、教えていただけませんか？」

「貴妃が、何か美雨のことを言っていたの？」

言葉を慎重に選びながら、貴妃が香麗に罪を着せる者がいるとしたら、美雨かもしれない、と言っていたことを伝える。すると淑妃は小さな溜《た》め息をついて、首を左右に振った。

「貴妃はいつもこの宮の者ことを、悪く言うのよ。美雨は永秀宮で虐《いじ》められた挙句、言うことを聞かないからって追い出されて、禁苑《きんえん》清掃担当の下級女官にされるところだったの。それがあまりに可哀想《かわいそう》で、私が引き取ったのよ」

当時を思い出したのか、淑妃の瞼《まぶた》が辛《つら》そうに震え、視線が机上の茶器に落ちる。彼女は手を伸ばし、茶の香りを味わうようにゆっくりと茶を飲んだ。

手元の茶を見下ろすと、揺れる湯気に乗って花の爽やかな香りが漂う。

「良《い》い香りですね。茉莉花茶《ジャスミン》ですか？」

「ええ。後宮ではいろんな種類の茶葉が手に入るけれど、私はこれが一番好きなの」

薄水色の茶器に描かれているのは風信子《ヒヤシンス》で、大きく広がる紫色の花が奥ゆかしくて美しい。だが通常、風信子は冬に咲く花ではないので、この茶器を選んだのは少し季節外れに感じる。

風信子を刺繍した織物は、春の初め頃によく売れた。客には時折、花言葉も聞かれるものだった。

（風信子の花言葉は、確か――「私を許してください」だったな……）

淑妃は茶器を持って温まった手の温《ぬく》もりを伝えるように、自分のお腹《なか》に手を当てた。

「私も最近はつわりで体調が思わしくなくて。あまり美雨を気にかけてやれなかったの。どうして黙って出て行ったりしたのか、本当に分からないし、心配しているの」

「淑妃様、お優し過ぎます。美雨は淑妃様の宝石を盗んだ上に、外出許可証を偽造して門番に見せたと言うのに……」

ふるふると首を左右に振る淑妃は愛らしく清楚《せいそ》で、小さく浮かべた微笑《ほほえ》みも少し悲しげだ。

キャッキャと楽しげに笑う声がして、ふと中庭を見ると小さな男の子が竹馬に跨《またが》り、女官と遊んでいる。淑妃が産んだ皇帝の第二皇子だろう。

「淑妃様、公主様は――？」

「今日も体調が悪くて。嘔吐《おうと》が止まらなくて、寝室で寝ているの」

嘔吐をすれば、その度に洗い物が増えて女官達の仕事も大変だろう。服や寝具も寿命が来るのが早くなりそうだ。

ドクン、と心臓が鳴る。

（――待って。何かが、おかしい）

正確に言えば、嚙《か》み合《あ》わない。私が読み込んできた帳簿と、この宮の実態が。

万蘭宮の金銭の動きで顕著だったのは、主に高価な公主の薬代だ。公主に費やす他の項目の金額は、皇子に比べると少なかった。特に、寝具は公主が誕生してから一度しか新調していない。

どこにお金をかけるかは、千差万別だ。それにしても。

実態を考えれば、おかしい。ものすごく、おかしい。

どくどくと血流が激しくなり、興奮で体が熱くなっていく。こんな時に、不意に思い出すものがあった。

後宮に長く勤め、辛酸を舐《な》めた私の母はいつも何と言っていた？

本当の悪は、醜悪過ぎる姿を隠すために――？

右手が無意識に動き、袖の中に入れておいた美雨の巾着に触れる。

（どうして野牛なのかしら。美雨が急いでいたせいで雑な仕上がりになっただけで、もしかして本当は違う生き物を刺繡した？）

ツノが生えた、牛のような生き物。顔周りは特徴的にフサフサで。

（ああ、そうか。なんてこと。――これは、白澤《はくたく》だったんだ）

底の部分をぎゅっと握ってみると、カサッと正体不明の屑が折れる。

口を再度開けた時、私の喉はカラカラだった。

「あの、淑妃様。内務府の帳簿を見ていて気がついたんですけど――。淑妃様は、他の妃《ひ》嬪《ひん》方と同じく、舶来物の茶も含めて、実に多種多様のお茶を飲まれるのに、蕎麦《そば》茶だけは一度も請求されてませんよね」

「ええ。蕎麦茶はそれほど広く飲まれていないし、あの独特の風味が苦手なの」

蕎麦は茶としてだけでなく、一部の州では麺にも使われる。その副産物である蕎麦殻は通気性が良いので、昔から最高級の枕にも使われる。巾着に乗せられた私の手は、今一体何に触れている――？

（蕎麦茶を飲まない理由は、本当に「風味が苦手」だからなの……？）

気がつくと、私は無言で立ち上がっていた。

淑妃は急に勢いよく立った私を、目を白黒させて見上げている。

「淑妃様。公主様のお見舞いをさせてください」

「えっ？　でもあの子は今、寝ていて……」

返事は待たなかった。寝ていようが関係ない。私が見たいのは、公主自身ではない。

淑妃の制止を振り切り、隣室に控えていた宦官《かんがん》の止める声を無視し、私は正殿の奥へと向かった。私の推理が正しければ、きっと公主の寝室は正殿の一番隅にある。

手桶《ておけ》と布巾を抱えた女官が部屋から出てきたのを確認すると、そこが公主の寝所だろうと見当をつけ、驚く女官を置き去りに部屋の中へと飛び込む。

部屋の奥に設置された寝台には、小さな公主が仰臥《ぎょうが》していた。目はパチクリと開いていて、寝てはいない。

「なぁに？　だれ？」

やや舌足らずに話すと、公主はゆっくりと起き上がった。細い黒髪が白い頬にさらりと落ち、紅葉のような手でそれを払っている。その隙に手を伸ばし、怖がらせないように笑顔を作りながら、枕をそっと取り上げる。

「公主様、少し枕を調べさせてください」

幼児用の枕は薄く、柔らかな感触から察するに中に真綿が詰められているようだ。だが思い切って二つに折り曲げて強く押してみると、微《かす》かに別の音がした。巾着から聞こえた音と、同じ音が。

枕の側面にある縫い目には、枕生地とは違う臙脂色の糸で後から縫い直した跡があった。

美雨が残した巾着と、同じ色の糸だ。

（きっと、美雨は最近この枕を開けて縫い直したんだ……！）

バタンと大きな音がして、寝室に淑妃と女官がやってきた。

「どういうつもりなの、月花《げっか》」

ここに鋏《はさみ》や剣はない。引き攣《つ》る顔でこちらに向かってくる二人に止められる前に、枕を縫いとめる臙脂色の糸に自分の犬歯を引っ掛け、素早く噛み切る。縫い糸を引いて枕の開口部を広げ、広げた部分を下にして、軽く振ってみせる。

サラサラ、と砂のように細かな茶色いものが、床に落ちた。

間違いない。美雨はこの枕の中身を一部抜き取り、巾着の中にいれたのだ。手を突っ込んでみると、落ちたのと比べて少し大きめの屑が、ポロポロと出てくる。

信じられない思いで、淑妃を見つめる。

「淑妃様。これは、蕎麦殻ですよね？」

「え、ええ。それが何か？」

淑妃は枕の中に蕎麦殻が入っていることを、知っていたのだ。そのことに愕然《がくぜん》とし、枕を持つ手が震える。

「淑妃様が蕎麦茶を飲まれないのは、……飲むと体調が悪くなるからではありませんか？」

蕎麦は稀《まれ》に体質によって、摂取すると過剰反応を引き起こすことがある。時に重篤な反応も。

淑妃はかすかに顔を強張《こわば》らせ、押し黙った。動揺も返事もないのは、今一番恐ろしい反応かもしれない。やがて口を開いた淑妃は、公主を抱き上げて女官に渡すと、別の部屋へ連れ出すよう命じた。

狼狽《ろうばい》しつつも女官が公主と退室し、扉が閉まったことを確認してから、私は淑妃に問いかけた。

「蕎麦を受け付けないのは、公主様も同じだったのでは？　体質は親から子に引き継がれることがありますから」

「何を言うの……」

「公主様の枕は、長年使用されているものです。中の蕎麦殻がほぼ粉々になり、たとえ真綿にくるんであったとしても、たくさん吸い込まれてしまったでしょう」

そして、公主は具合が悪くなった。枕を新調しなかったのは、おそらく使い込んで蕎麦殻が細かくなるほど、好都合だったからだ。つまり、公主を不調にさせるために、故意に枕を交換しなかった。

淑妃は口元を押さえると、声を震わせた。

「知らなかったわ……。物品の管理は全て美雨に任せていたから。もうその枕は使わせないわ」

美雨に責任を押し付けるつもりらしい。淑妃は奇妙なほど穏やかな表情で、私の腕の中の枕を見つめていた。

臙脂《えんじ》色の縫い目を見ながら、考える。美雨の独断で公主を弱らせていたのだとしたら、巾着を愛琳に託す必要などない。むしろ彼女は、外部に訴えたかったのだ。

愛琳が味方か分からなかった美雨は、愛琳に理解できない方法で伝言を残したのだ。更に言えば、愛琳が私と懇意にしていることは、美雨も知っていただろう。午後は私が後宮にいないから、急いでいた美雨は愛琳に託したのかもしれない。――そんな気がした。きっと彼女は、私が黙っていないことを知ったから。

「美雨は淑妃様に良くしてもらっていたはずです。それなのに美雨は、なぜ公主様を害するようなことをしたと？」

「もしかして――。誰かに脅されてこんなことをしたのかもしれないわ」

「誰か、お心当たりがあるのですか？」

「分からないけれど、あの子はもともと永秀宮にいたのよ。もしも、貴妃に追い出されて私に泣きついてきたのが、始めから仕組まれたことだったとしたら……」

「だとすれば恐ろしい陰謀です。貴妃様は万蘭宮の公主様を殺すくらいなら、皇子様を殺すと仰《おっしゃ》っていましたし」

淑妃の顔色がさっと変わったのを、私は見逃さなかった。

想像すらしたくない事態だし、言葉にされるだけで青ざめるほどの絶望と怒りを感じるのだろう。公主の枕の話を聞いた時と、なんという差だろう。

動揺する淑妃を前に、憤りを禁じえず枕を握りしめる。

「恐らく呪い人形を埋めたのは、香麗のフリをした美雨さんだった。この宮に火をつけたのも、彼女。そして、彼女を陰で動かしていたのは、――永秀宮の人などではなくて、弱みを握っていた淑妃様だったんじゃないですか？」

淑妃は微かに微笑んだ。そのまま一歩私に近づくと、線の細い彼女から強烈な圧を感じる。

「弱み――？」

「美雨は、副総管に恋していました」

「たしかに美雨は、華公公《かゴンゴン》に入れ上げていたわ。去年、年季が明けてもそばにいたくて、後宮に残留したほどだね。でも、華公公に恋心を抱く女官は多いわ。それだけのことよ」

「片想《かたおも》いではなく、相思相愛でした。本来なら、許されない仲です。淑妃様は、二人の関係に目を瞑《つぶ》る代わりに、副総管協力の下で呪い人形騒ぎを起こさせたのではありませんか？　ご自分が皇后となった暁に、彼の重用を約束して」

全ては貴妃の地位を、落とすために。そしてそこまでは恐らく、互いの利害は一致していた。

淑妃は軽やかに笑った。

「想像力が逞《たくま》しいのね。――三大名家の蔡家のご令嬢は、流石《さすが》違うわね」

「副総管が捕まって、美雨さんは身の危険を感じたんです。だから脱走して、あなたが自分を追えないように公主様を蔑《ないがし》ろにしたこの宮の悪行を訴えようとしたんです」

淑妃は鼻を啜《すす》った。目が潤み始めている。泣き出したのかと思いきや、彼女は口元を覆ってくしゃみを連発した。その後で、手首をガリガリと掻《か》いている。

淑妃は鼻を袖で覆い、中身のぶちまけられた枕を残る手で指さした。

「それを私から遠ざけて頂戴。月花、あなた一つ間違ってるわ。公主が大事でなかったわけではないの。――ただ、皇子がもっと欲しかったのよ」

キィ、と扉が開く音がして、何者かがこちらへ歩いてくる足音がした。複数名のようだったが、目の前にいる淑妃から、視線が離せない。

「あの子が夜に体調を崩すとね、陛下が心配なさっていらしてくださるの。――そうして、そのまま万蘭宮に泊まられるわ」

慈悲深い母の微笑を浮かべ、淑妃が自分の腹に手をそっと当てる。その仕草が発言とあまりに不釣り合いで、ゾッとしてしまう。

「もう一人皇子が欲しかったの。一人では足りないから。それに、女では皇太子になり得ないもの。皇室では役に立たない公主だけれど、この方法なら上の子を皇位に近づける役に立てるのよ」

悪気もなく言い切ることが、恐ろしい。

「私のようなただ裕福な商家の娘が這《は》い上がるにはね、誰かと手を組むしかないのよ。華公公はうまい具合に出世してくれたわ。彼は人形騒ぎに関わったと余計な白状をして、墓穴を掘るヘマはしないでしょうけれど、美雨は別よ。——ああ、月花、あなたも別だったとは、思いもよらなかった」

突然両腕に痛みが走り、視界が強制的に下に向かされる。

叫びながら視線を巡らせると、若い宦官が三人がかりで私を羽交い締めにし、無理やり床に膝をつかされた。

「放して!!」

両手は後ろでガッチリと摑《つか》まれ、動かせない。

淑妃は少し私から離れると、困ったように目尻を下げた。

「美雨が私の印鑑を勝手に押して、外出許可証を偽造したことにはすぐに気がついたわ。

だから逆手に取って、利用させてもらったのよ。――お前の言う通りだわ。大きくなったら厄介な雑草は、早いうちに摘まねばね？　二人とも、今更逃すと思ったの？」

（それはどういうこと？　もしかして美雨は、後宮を出て行っていない？）

後ろから髪を掴まれ、俯《うつむ》き加減だった上体を起こされると、宦官《かんがん》の一人が私の真正面に立つ。何をするつもりかと見上げたが、顔を見る前に視界が暗転した。蹴り上げられたのだ。鳩尾《みぞおち》を襲った強い衝撃に息を止めつつ、暗転しそうになる意識の片隅に、淑妃の声が聞こえる。

「さっきの茶を大人しく飲んでくれれば、手間が省けたのに。――お前達、ここで殺さないでね。夢見が悪くなるわ」

発せられたのは背筋が凍るような内容なのに、口調はまるでお茶をもう一杯所望するような、ごくありふれたものだった。

痛みに悶絶《もんぜつ》し、遠ざかりそうになる意識をなんとか保とうと気を張るが、拘束が急に解かれて床に顔を打ちつける。目の前に迫る深紅の絨毯《じゅうたん》を避けようと目を閉じたのを最後に、私の記憶は途切れた。

気を失っていたのは、おそらくほんの短い時間だった。

体が持ち上げられて重力の方向が変わった衝撃で、意識が呼び戻される。ぼんやりする意識を急いでまとめ、状況を摑もうと目を瞬《まばた》く。視界がきかず、なぜだろうと思うと至近距離に青い布があった。身体《からだ》が曲げられ、上下に揺れている。腹に食い込んでいるのは、誰かの肩だろうか。きつい姿勢に息がしにくく、すぐには動けない。

（担がれてる？　私をどうするつもり？）

布を頭から被《かぶ》せられているので、どこに運ばれているのか分からないが、私を担ぐ者の動きに合わせて体が上下に揺れ、顎が背に当たるので歯を食いしばる。肩幅からすれば、女ではなく宦官だろう。後ろからも一人分の足音が聞こえる。

周囲の状況が分からないが、歩数を考えれば、万蘭宮の外に出ていてもおかしくない距離だ。この辺りで暴れれば、他の宮の人に気付いてもらえるかもしれない。

急に揺れが大きくなった。足場の悪い所を歩いているのか、宦官の背中に力が入って固くなっている。

上に上がる動きと階《きざはし》を踏む足音に耳をそば立てていると、後ろにいる人物が小さな声で言う。

「そろそろ下ろせ。金庫番の首を絞めちまおう」

直後、体に手がかかって肩から突然下ろされ、全身に緊張が走る。体の下で木が軋《きし》み、どこか床に横たえられたのだと分かる。

うかうかしていると、絞殺されかねない。逃げるなら、今しかない。被せられていた青い布に乱暴に手がかかり、体から剥がされた瞬間。私は目を開けると同時に、勢いよく起き上がった。

「お前、気がついて……！」

掛けられていた布を鷲掴《わしづか》みにし、正面で膝立ちになって目を丸くしている宦官に頭から被せ、駆け出す。

視界を遮られた宦官は咄嗟《とっさ》に追いかけてこなかったが、後ろにいた宦官は手にしていた何やら長い薄紅色の布を放り出し、私の袖を掴む。素早く振り払うと、蜘蛛《くも》の巣《す》が張り巡らされた室内を突っ切り、扉を開けようと手を伸ばしたが、宙を切る。背後から髪を掴まれ、引き倒されたのだ。顎を床板に打ちつけ、痛みに一瞬息が止まる。

起き上がる隙なく、宦官が二人がかりで私に馬乗りになり、その上首に布を巻き付けようとする。両腕を振り回して暴れ、宦官の帽子が吹っ飛ぶが二人がかりで私の腕を床に押しつけようとするので、抵抗虚《むな》しく封じられてしまう。

二人の重みで、呼吸もままならない。

長い帯を繋《つな》いだような、薄紅色のその細長い布の先は天井の梁《はり》に通されている。私がこここで自害したように見せかけるつもりなのだろう。荒《すさ》んだ室内は、見覚えがあった。ここは多分、春景宮《しゅんけいきゅう》だ。

「放して！　私は死ぬつもりなんてないったら！」

頭を振って叫ぶと、急に室内に明かりが差し込んだ。光源に視線を向けると、扉が開かれてそこから外の陽光が眩《まぶ》しく入り込んでいる。逆光でよく見えないが、光の中に立っているのは、長身の人物だった。

ここで敵がもう一人増えたら、もう勝ち目はない。もうだめだ。

扉からその人物がこちらを目掛けて突進してくると、思わず目を瞑った。その直後、上に乗る宦官の重さがふわりと浮き、体が解放された。

「お前達、何をしている！　どこの宮の宦官だ！」

聞き覚えのある声に急いで起き上がると、私を背後に庇《かば》うように腕を広げ、床に膝を突いているのは柏尚書《はくしょうしょ》だった。続けてバタバタと足音が響き、紫色の官服を着た二人の男達が現れる。戸部《こぶ》の官吏だろうか。

「柏尚書、何事ですか？　あれっ、黒猫金庫番じゃないか」

男達は目を丸くして私達を交互に見た。その隙に、宦官達が出口に駆け出す。

柏尚書は逃げ出そうとした宦官の一人に足をかけて再度転ばせると、後ろ手で捕まえた。

残る一人は外へ転がり出ていったが、二人の官吏達がすぐに後を追う。

「さぁ言え、蔡主計官に何をしていた？」

「その二人は、淑妃の宮の宦官です！」

「くそっ、放せ！　外朝の男が、なんでここにいるんだ！」

喚《わめ》く宦官を押さえつけると、柏尚書は言った。

「内務府から、春景宮の建て直し計画が提出されてね。知っての通り、大規模な営繕は内務府ではなく戸部の管轄だ。実地調査に来て、本当によかった」

その要望を出したのは、私だ。柏尚書は春景宮の傷み具合を見に来たのだろう。

拘束されている宦官の胸ぐらを掴み、尋ねる。

「美雨さんをどこへやったの!?　知ってるんでしょう？」

宦官は薄い唇を固く閉ざし、目を逸《そ》らした。そう簡単には口を割ってくれそうにない。

「柏尚書。思い出しました。万蘭宮の女官が失踪した日、朱明門に立っていたのは、あなたが草毟《くさむし》りをしていた時に見た、あのやる気のない門番達でした」

「それはつまり？」

「なぜ妃嬪《ひひん》達がお金を貯《た》めるか分かりますか？　銭で意のままに人を動かすためです。きっと門番を淑妃が買収して、嘘《うそ》の証言をさせたのです」

美雨は後宮から出ていないのではないか。姿を現せない形で、後宮のどこかに留め置かれている。

柏尚書は宦官を説得し、挙句に焦《じ》れて彼を揺さぶったが、淑妃の宦官は頑《かたく》なだった。その懸命に沈黙を守る姿に嫌な予感がして、苛立《いらだ》つ。

(仕方ないわ。取りたくない手段だけど、卑怯《ひきょう》だと言われようが、これしかない)

私は宦官の懐に手を突っ込み、弄《いじ》ると小瓶を探り当て、引っ張り出した。

「何をする!」

途端に宦官の顔が怒りに歪《ゆが》む。きょとんとする柏尚書の前で、私は立ち上がると小瓶を高く掲げた。

「あなたの証言は、この中身と引き換えよ。今すぐ言わないなら、瓶ごと炉にくべてやるわ」

宦官の顔が、恐怖に引き攣《つ》る。彼らにとってこれは体の一部であり、死ぬ時は棺《ひつぎ》に必ず入れるほどの、大事なものなのだ。

「私は本気よ! 保身や出世のために人の命をごみのように扱うなら、私もあなたを尊重しない。私にこれを燃やされても、文句は言えない!」

「やめろぉ! それだけはやめてくれ!」

「美雨さんを、まさか私にしようとしたみたいに……殺したの!?」

「殺してなんていない！　美雨さんはただ、出て行ったように見せかけたんだよ。気を失わせて樽《たる》に閉じ込めただけだ！」

「なんですって……樽は、美雨さんは今どこにいるの？」

「西門の洗い場の」

そこまで聞くと、柏尚書が素早く立ち上がった。帯に下げている腰佩《ようはい》の紐《ひも》を引きちぎると、「戸部尚書」と書かれたその身分証を、宦官に握らせる。

「今は万蘭宮に戻るな。身の危険を感じるなら、これを持って外朝の戸部に逃げ込め。これがお前に今できる最善の身の処し方だ」

狼狽《うろた》える宦官に小瓶を返すと、柏尚書と私は正殿から飛び出した。


柏尚書について行こうと、全速力で走る。

すれ違う女官達は後宮に男がいることに驚愕《きょうがく》して叫んでいるが、気にしていられない。

「西門の洗い場というのは、集めた宮中の肥溜《こえだ》めを廃棄用の樽に詰めるところです。場所をご存じなんですか？」

「勿論《もちろん》。宮城の地図は頭の中に入っている」

皇城で働いているのに、宮城の下っ端の日常仕事まで把握しているなんて。

かつて母から聞いたことがある。樽置き場は滅多に人が近寄らない。一日一回、決められた時間に西門から外に運び出すのだと。

「後宮から朱明門を通ることなく出られる、唯一の方法です。早くしないと！」

西門の洗い場は脱臭効果を狙ったのか、炭を塗りつけた黒く高い塀に囲まれていたが、近くに寄るとかなりの悪臭がした。

鼻を覆いながら塀の中に入ると、真ん中に大きな溜《た》め池《いけ》があり、その周りに十人ほどの女官や宦官達がいた。皆疲れ切った顔で桶《おけ》を池で洗っている。池を大回りし、更に奥へと駆ける。

洗い場の奥は一段と高い塀や物置に囲まれ、空の桶や掃除道具が積まれていた。柏尚書はその場に立ち止まり、頭を捻《ひね》った。

「ない！　通常は集めた汚物を樽に詰め、ここに並べておくはずなんだ。まさか、もう宮城の外へ!?」

外に出した樽は、そのまま容器ごと燃やされる。まさか、美雨はその中に？

柏尚書はサッと見回すと、物置の裏へ回った。そこは塀の途切れ目となっていて、その先の狭い通路の彼方《かなた》に、遠ざかる黒い服を着た宦官達が見える。

私達はほぼ同時に「待って」と叫んでいた。

この辺りはもう、宮城の西端だ。朱色の塀に囲まれた小道の先は、宮城外へと出る西門が聳《そび》える。

宦官《かんがん》達は人の胸の高さほどある大樽の載る台車を、六人がかりで押していた。

柏尚書は追いつくなり、毅然《きぜん》と台車の前に立ちはだかった。

「私は戸部尚書だ！　その大樽を下ろせ！」

宦官達は何事かと戸惑いつつも、すぐに命令に従って大樽を台車から降ろした。蓋《ふた》に手をかけ開けようとするが釘《くぎ》が打たれたいて、素手では開かない。宦官に持ってこさせた釘抜きで柏尚書が幾つもの釘を引き抜く間、早く早くと気ばかりせいてしまう。

ついに釘が全て抜かれ、柏尚書が丸い蓋を開ける。中を確認せねばと鼻を刺す臭いに顔を顰《しか》めながらも、皆で中を覗《のぞ》き込んだ直後。「ギャー」という叫びと共に、近くにいた宦官が後ずさって尻餅をつく。

黒っぽい液体の中に、人が押し込められている。

（――誰が沈んでいるの⁉）

この状態で「殺していない」なんて言い訳を、よくもできたものだ。震えるほどの怒りで頭の中が真っ白になり、咄嗟に体が動かない。だが、柏尚書はそんな中ただ一人、間髪を容《い》れずに動いた。彼は肥溜め樽に一切の躊躇《ちゅうちょ》なく両手を突っ込むと、肩まで濡《ぬ》らしながら中にいる人物を引き上げようとした。私も慌てて力を貸す。

その時、柏尚書が持ち上げた人物の腰がひっかかり、樽が大きく片方へと傾いた。

「倒れます！　避《よ》けてください！」

私の警告は遅過ぎた。柏尚書は樽の下敷きになりながら、溢《あふ》れ出《で》た大量の排泄《はいせつ》物を浴びた。だがそれに動じることなく、彼はやるべきことだけをやった。地面に伸びきって動かない女の手首を握ると、「まだ脈がある」と口走るなり、汚れた顔をはたき「目を覚ませ」と叫ぶ。

束《つか》の間、宦官達も私も指先一つ動かせなかった。

躊躇なく救命措置を行う柏尚書の姿に、愕然《がくぜん》とする。

(自分が汚れるとか、凄《すご》く臭いとか、気にしてないんだ。柏尚書は、今純粋にすべきことをしてる)

そのなんと、難しいことだろう。

私の偏見が勝手に作り上げていた柏偉光《いこう》像が、完全に崩れる。ここにいるのは、部屋の掃除もしない優雅な貴族なんかじゃない。人としての敗北感と心からの尊敬の念が込み上げるのを感じつつ、急いで彼の隣に膝をつく。

「柏尚書、もしかして吐いたものを詰まらせているのかもしれません」

すると柏尚書は片膝を立て、その上に女の鳩尾《みぞおち》が当たるように乗せると、右手で背を叩《たた》いた。五、六回ほど打たれた直後、呻《うめ》き声と共に彼女の背が痙攣《けいれん》し、口から吐瀉《としゃ》物が溢れでる。

咳《せ》き込んではいるが、呼吸を始めた姿に安堵《あんど》する。

私は自分の腰帯に手をかけて緩めると、一番上に着ている襦《じゅ》を脱いだ。ぎょっとして目を丸くしている柏尚書の視線を受け流し、内側の柔らかい生地で女の顔を拭う。髪を払い、露《あら》わになったその顔は間違いなく美雨のもの。

「すぐに医官に見せなければ」と柏尚書が言うと、虚《うつ》ろに目を開けた美雨が、蒼白《そうはく》な顔で唇を震わせて絞り出した。

「ば、万蘭宮には、連れ戻さないで……」

「大丈夫よ。皇城の医官に見せるから。私、誰があなたをこんな目にあわせたか、もう知ってるの。私も同じ人に、さっき殺されかけたから」

美雨を抱き起こしかけていた柏尚書の動きが止まり、鋭い視線を私に送る。

「宦官に命じて、君達にこんなことをしたのは淑妃か？」

私と美雨は、ほとんど同時に頷《うなず》いた。美雨は掠《かす》れた声で必死に話し出した。

「私、万蘭宮にいるのが怖くなって。だから淑妃様の印鑑をお借りして、ここから一刻も早く逃げようとしたんです。けれど、朱明門に着いたら後ろから殴られて……」

「逃げるついでに、淑妃様の宝石類も盗んだの？」

念《ねん》の為《ため》聞いてみると、美雨は激しく瞬きをして戸惑った。

「まさか。それは何の話ですか？」

どうやら美雨を悪者に仕立てるため、万蘭宮は窃盗を捏造《ねつぞう》したらしい。

立ち上がろうと脹脛《ふくらはぎ》に力を入れ、脱いだ襦を拾う。するとここでようやく私は、足下の石畳に割れた板切れが転がっていることに気がついた。摘《つま》み上げると、柏尚書からもらったお守りだった。胸元の袷《あわせ》に入れていたのだが、襦を脱いだ拍子に落ちてしまったらしい。

思わず笑い声が零《こぼ》れでた。美雨に肩を貸して歩き始めていた柏尚書が、何事かと振り返る。

「柏尚書、お陰様で命拾いしました。護符が万蘭宮で、蹴りから私を守る盾になってくれたみたいです」

散らばる護符を少しの間、感慨深げに見下ろすと柏尚書は言った。

「良かった。買わなければ、君を引き抜いたことを一生後悔するところだった」

そう呟《つぶや》くと柏尚書は美雨を支えて、医局へ足を進めた。


皇帝が政務を行っている嘉徳殿《かとく》に呼ばれた淑妃は、かなり疲れた様子だった。女官に手を貸してもらいながら歩き進むと、椅子に座る皇帝の前で膝を折る。

淑妃は皇帝の隣に戸部尚書が立っていることに驚き、微《かす》かに眉根を寄せて皇帝と柏尚書を交互に見ていた。

その一挙手一投足を、私は衝立《ついたて》の裏からこっそりと窺《うかが》う。

皇帝は女官を退出させると、淑妃に話しかけた。

「急に呼び出してすまないな。実は、柏尚書からそなたに話があるらしい」

柏尚書はゆっくりと淑妃に近づくと、話しかけた。

「淑妃様。内務府の要請で先ほど後宮に立ち入り、春景宮に調査に行ったのですが……」

そこまで言うと柏尚書は彼にしては珍しく、言葉を詰まらせた。代わりに皇帝が言葉を引き継ぐ。

「柏尚書が正殿に入ると、中で蔡主計官が自害していたのだ」

「そんな、まさか月花が⁉」

「既にこときれていたらしい」と皇帝が答えると、淑妃は口元を押さえて息を呑《の》んだ。直後、目が潤みだす。

「そこで、淑妃様にお尋ねしたいのです。内務府の周《しゅう》陵が申しますには、蔡主計官は今日万蘭宮を訪ねたとか。どんなことを、お話しに？」

淑妃は手を口元から離すと、小さく息を漏らしてから答えた。

「それが、蔡主計官は美雨が出ていったことに、責任を感じていたようなのです。美雨は尊敬していた華公が捕縛され、悲しんでいたので……内部告発などすべきではなかった、と。元々内務府に勤めるつもりなど、なかったようですし」

途端に淑妃は顔を歪《ゆが》ませ、可憐《かれん》な瞳から大粒の涙を流した。

「貴妃にも責められ、とても困っていた様子でした。蔡主計官は私の幼馴染《おさななじみ》なのです。もっと話を聞いてあげていれば！」

そこへ柏尚書が抑えた低い声で、言い足す。彼は手にしていた小さく畳んだ薄紅色の布を、きつく握った。

「……」

「私が発見した時は、本当に痛々しい姿でした。春景宮に着くのがあと少し、早ければ沈痛な面持ちの柏尚書の前で、淑妃が両手で顔を覆い、嗚咽《おえつ》する。

「まさかあの後、首を括《くく》るなんて……！」

皇帝は表情を変えぬまま、静かに問いかけた。

「陵によれば美雨は蔡主計官に妙なことを言っていたようだ。そなたが故意に公主の健康を損ねている、と」

両手に埋めていた顔がゆっくりと上がり、血の気の引いた淑妃が唇を震わせる。

「なんてことを。そんなこと、あり得ません。一介の下級宦官の申すことなど、お信じにならないでください」

皇帝は席を立って歩き出すと、動揺のあまり震える淑妃の肩に、手を乗せた。

「余もそなたのことを、信じたい。だが、下級宦官ばかりか戸部尚書までが同じことを申しておる。更にはそなたの宮付きの宦官と、美雨の証言まで揃《そろ》ってしまえば、情を優先させるのはなかなか難しい。——もう十分だ。出てきてくれ、蔡主計官」

淑妃は涙で濡れた睫毛《まつげ》を、パチパチと瞬《まばた》いた。予想だにしない者達を列挙されたからだろう。特に一番最後の名は、不可解過ぎた。

皇帝の呼びかけに応じ、私は身を隠していた風林火山の描かれた屏風《びょうぶ》を回り、淑妃の前に進み出た。

淑妃の充血した目が、まるで亡霊を見るように見開かれる。

「騙《だま》してごめんなさい。本当は柏尚書は、間に合ったんです。でも蘭玲《らんれい》、お陰様で死ぬほど怖かったわ」

つい名前で呼んでしまったが、淑妃は混乱のあまり、何も言葉が出てこないようだ。

「読み間違えた自分にも、失望しています。私は万蘭宮が永秀宮を嵌《は》める片棒を担いでしまいました。まさか副総管と淑妃様が手を組んで、貴妃様を陥れるとは思いもしませんでした」

「お、お黙り。何が言いたいの？」

「美雨さんが外出する機会を使って、副総管への賄賂を運ばせましたよね？　彼は細身なのに月餅をあんなに貰《もら》っているなんて、妙だと思ったんです」

「お黙り。私は華公公の不正とは、関係ないわ」

「ところで美雨さんに盗まれた宝石類とは、具体的にどれのことですか？　以前の監査の際に、万蘭宮の貴重品は全部記録してありますので、調べさせていただければはっきりするのですが」

「私が嘘《うそ》をついていると言いたいの？　淑妃たる私に、失礼だわ」

皇帝に助けを求めようと右手で彼の手を取る淑妃に、背後から近づいた柏尚書が話しかける。

「もう、淑妃ではなくなりますから、ご心配なく。気づきませんでした？　さっき淑妃様は失言をなさったんですよ」

皇帝の手を握りしめたまま、淑妃がぽかんと目を丸くして、柏尚書を振り返る。

「なぜ蔡主計官が首を括った、と？　自害の手段については、誰も話していないはずですが」

「な、何を言うの！　嵌めようとしているのは、あなたの方だわ！　その布紐《ひも》を見せられれば、誰だって首吊《つ》りを察するでしょう！」

淑妃は瞳を険しくさせ、柏尚書が持つ薄紅色の布をぶるぶると震える左手で指差す。彼は我が意を得たり、とばかりに微笑《ほほえ》んだ。その場に酷《ひど》く不釣り合いな実に美しい微笑に、淑妃が硬直する。

「ああ、これのことですか？　なぜ布紐だと？――これは、折り畳んだ一枚布なのですが――」

柏尚書が腕を広げると音もなく布が広がり、畳み皺《しわ》の残る大きな正方形の布となった。

「い、嫌。違うのよ。こんなの、嘘よ」

今や全身を震わせる淑妃の右手を、皇帝が振り払う。顔を歪めて珍しく感情を露わにさせ、怒りからか顔は紅潮している。

「嘘だと信じたかったのは、余の方だ。公主も皇子も、もうそなたには指一本触れさせぬ」

「お、お許しを！　それだけはっ。皇子は私の宝です。命より大事な……」

「公主も余の宝だ!!」

皇帝が珍しく怒鳴りつけると、淑妃は絶句した。黒い二つの空虚な穴のような瞳で、皇帝を見上げる。

「そなたは万蘭宮から、皇祖廟《びょう》に身を移させる。腹の子は、子のいない妃嬪《ひひん》に育てさせる。そなたは廟から一歩も出ず、髪を下ろしてこれからの生涯は祈りを捧《ささ》げて過ごせ」

皇祖廟は、宮城の北端にある。子らの近くに蟄居《ちっきょ》させるのは、せめてもの温情ともいえる。だが淑妃は脱力して皇帝の足元に崩れた。

「全て失い、他の妃嬪が栄華を誇る様を、すぐ近くで見ろと？」

あんまりですわ、と呟くと淑妃は皇帝の衣の裾にしがみついた。

「後宮という厳しい競争の場で、後ろ盾の弱い私は陛下のご寵愛《ちょうあい》に縋《すが》るしか、なかったのです」

柏尚書が手を伸ばし、皇帝から淑妃の手を払う。

「あなたは陛下の信頼を裏切ったのです。戦い方を、違えたのですよ」

淑妃は柏尚書を睨《にら》み上げると、叫んだ。

「柏尚書。月花は貴妃に抹殺されて、お前は貴妃の父である門下侍中《もんかじちゅう》に政治的に消されるはずだったのに！　いいえ、そもそもお前が月花を後宮に連れて来さえしなければ！」

「もう良《い》い。連れ出せ」

皇帝が片手を上げると、控えていた侍従達がぞろぞろと入り口から現れ、淑妃の両脇を摑《つか》んだ。

抵抗して暴れる淑妃が引き摺《ず》られるようにして、出口へと連れて行かれる。

私は淑妃に最後に一つ、絶対に聞かねばいけなかったことを思い出し、「待って！」と叫んだ。

急いで淑妃の前に駆け寄ると、侍従達は淑妃を押さえ込んだまま立ち止まった。

侍従達は何事かと怪訝《けげん》な顔をし、その間にいる淑妃が少し怯《おび》えた大きな瞳で私を見下ろす。私は両手を擦り合わせながら、彼女を見上げた。

「大事なことを忘れていたわ！　ねぇ、蘭玲。本来健康だった公主様は、あなたのせいで大量の高額な薬が必要になっていたわけよね？　そこで考えたのだけれど、これまでの薬代を後で呂《ろ》家に請求していい？」

淑妃はおろか、侍従達まで固まる。沈黙を破ったのは柏尚書だった。彼は軽やかに笑いながら言った。

「君の言う大事なこととは、それか」

「沈黙は肯定と見做《みな》していいかしら？　後で、呂家に請求書を送るわね！　助かるわ」

勢いに釣られたのか、淑妃は目を点にしたまま、小さく頷《うなず》いた。

そうして淑妃が嘉徳殿からいなくなると、殿舎の中は急に静かになった。

硬い石畳に突いた膝が、痛い。

顔の前に組んだ手の前を、冬の冷気に触れて白く濁る呼気が漂っては消えていく。

衣擦《きぬず》れの音をさせ、貴妃は私の前まで歩いて来るとその指先で私の顎に触れた。

キンと冷えた指が、私の顔を上向かせる。

「何の用で来たのかと思えば。香麗に謝罪に来ただなんて、殊勝なところがあるのね」

貴妃のすぐ後ろに立つのは先日、後宮に戻ることが許された香麗だ。彼女は肩を怒らせ、吐き捨てた。

「よくも私の前に顔を出せたわね！　この黒猫が！」

「香麗。元はと言えば、私が美雨と華公の対処を誤ったからなのよ」

貴妃はもしや二人の関係に気付いていたのだろうか。はっと息を呑むと貴妃は私から手を離し、ヒラヒラと片手を振って立つよう命じた。

貴妃はそのまま横に歩き出すと、見頃を過ぎた水仙の花壇に目を落とす。

「私には華公が美雨を利用して、私に近づこうとしているように思えたのよ。女官の恋愛はご法度で、杖刑《じょうけい》に処せられると説明しても、美雨は思いを貫こうとしたの」

杖刑は木の太い杖で、決められた回数を打たれる刑罰だ。軽く聞こえるかもしれないが、当たりどころが悪いと半身不随になることもある、残酷な刑だ。

「だから、美雨を宮から追放して禁苑《きんえん》清掃係に左遷しようとしたのよ。禁苑なら遠くて、逢引《あいび》きが出来ないでしょう？」

寒くて暑い禁苑を掃除する日々が続けば美雨の愛も冷め、早く後宮から出たいと思うだろう——貴妃はそう考えたのだ。でもその前に、美雨は淑妃の手の内に捕まってしまった。

鮮やかさを失った花壇の水仙を優しく撫《な》でると、貴妃は言った。

「美雨は年季が明けても後宮に残ると去年知って、愕然《がくぜん》としたわ。華公のためだとすれば、誤った選択よ。若く美しいうちに、女官は辞めなければ」

水仙を愛する貴妃の想《おも》いには、私が思っていた以上に深いものが込められているのかもしれない。

「私の読みが浅はかでした。お二人にはお詫《わ》びのしようもございません」

深々と再度叩頭《こうとう》しようとすると、貴妃がその前に笑い出した。

「茶を掛けた私達も、謝らねばね。ごめんなさいね。お前の本質を見極めるのに、手っ取り早かったのよ。――泣くか、怒るか、帰るか。どうするのか見たかったの。でもお前はそのどれもしなかった。そしてお前は期待通り、副総管の悪事を見抜いてくれたわ」

「でもあんまりです！　私達は呪い人形とは何の関係もなかったのに、貴妃様はなぜ陛下に反論なさらなかったんですか？」

香麗が口をへの字にして、貴妃に文句を言う。

「あの時私が何を言っても、言い訳にしか聞こえなかったでしょう」

香麗は不満そうだったが彼女に対して淡々と答える貴妃の姿に、ふと分かった気がした。

「貴妃様は淑妃がボロを出して証拠が揃うまで、我慢なさったんですね。傷を負おうとも、相手に致命的な打撃を与えられる時機を見極めていらした。――そうですよね？」

「その金の瞳は、頭の中まで見通せるのかしら」

ほほほ、と笑うと貴妃はしばらくの間黙って私を見つめた。

「そんなお前を見込んで、一つ頼みがあるの」

「私に頼み事とは、なんでしょうか？」

すると香麗が私に歩み寄り、分厚い封筒を手渡してきた。手に取ると重量感があり、金《きん》箔《ぱく》入りの実に高級そうな紙でできている。

「美雨は北部の州の出なの。体は回復したけれど、収監されるわ。たとえ出られたとしても、一生官婢《かんぴ》として後宮に留め置かれるでしょう。家族に見舞金を送ってあげて」

（紙幣ばかりたくさん入って、とても分厚い。大金を美雨の家族にあげるのね）

純粋に弱者のために、お金を使う妃嬪もいるのだ。

副総管が本当に美雨を愛していたのなら、年季明けと共に外に出してあげたはずだ。貴妃の言う通り、彼は己の地位を上げ、私服を肥やすために美雨を利用しただけなのかもしれない。美雨には気の毒だけれど。

「貴妃様は淑妃様より二枚も三枚も、上手だったのですね。全部読まれていて、踊らされたのは私達の方でした」

「買い被《かぶ》りすぎだわ。特に公主の件は、想像すらしなかったもの。私は少し楽譜に音符を入れただけで、お前はどんどん曲を進めて、挙句に冬至には私達妃嬪を本当に踊らせようとしているではないの」

「楽しみにしております」

「他人事《ひとごと》のように言っているけれど、淑妃が抜けた穴を埋めるのは、お前なんでしょう？」

「はい？　なんのことでしょうか……？」

いまひとつ話が通じず、無言で顔を見交わす。

「淑妃の舞の代役は縁起が悪いから、皆怯えてやりたがらないの。だから陛下に『淑妃の代わりに蔡主計官を踊らせてはどうか』と進言があって、陛下は快諾されたと聞いたわ。妃嬪による舞の言い出しっぺのお前なら必ずやるだろう、と」

「どっ、どなたが勝手に私にそんな無茶振りを!?」

「進言したのは、柏尚書よ」

（そんな馬鹿なっ――！……いやでも、彼なら言いかねない。むしろ、妙に納得!!）

「ですが淑妃様の代役を私にしろというのは、流石《さすが》に無理が……」

「無理ではないし、建国の英雄の子孫なら十分資格があるわ。それに毎日、私達の練習をしつこく見ていたではないの。陰でこっそり真似《まね》をしていたのも、知ってるわよ。もう動きを覚えたでしょう？」

思いもよらない展開に、断固断ろうとしたが、はたと口籠る。

一人欠けてしまえば、舞が成立しない。それは最も避けたい展開だった。

幕間　九重《きゅうちょう》に君を呼ぶ

静寂の中にある離宮に、音もなく粉雪が舞う。

白理《はくり》の郊外にある離宮には、珍しく数多《あまた》の官吏達が詰めかけている。

敷地の中央に位置する祭殿は三重の白い基壇の上に立ち、蒼穹《そうきゅう》を表す青い紺碧《こんぺき》の屋根から垂らされた飾り幕が、風に煽《あお》られて華やかに揺れる。

年に一度の祭天の儀のため、官服の上に纏《まと》う赤色の長い外套《がいとう》は固く重く、その動きにくさに閉口しながら柏尚書《はくしょうしょ》は指定された場所に片膝をついた。祭壇は円形をしており、膝をついてしまうと見上げるほどの高さにある。

隣にて既に膝をついていた黄門下侍中《こうもんかじちゅう》は、柏尚書が来たことに気がつき、口を開く。

「時間ぎりぎりに着て大正解だよ、柏尚書。龍神をお迎えするためとはいえ、私の歳《とし》になるとこの姿勢は膝が痛くてなかなか辛《つら》いもんだ」

「今年は妃嬪《ひひん》様方が舞を披露してくださいますから、痛みも飛びましょう」

娘である貴妃《きひ》が、この大舞台に登場する姿を早くも想像し、黄門下侍中は自然と口元を綻《ほころ》ばせた。

百官が固唾《かたず》を呑《の》んで見守る祭壇には、龍の刺繍《ししゅう》のある帳《とばり》が飾られ、欄干は黒い玉が埋め込まれている。祭壇の奥に敷かれた蘭《らん》の敷物の上に捧《ささ》げられているのは、高坏《たかつき》に盛られた豆や麦を始めとする穀物で、全て龍神への供物だ。

最初に登場したのは貴妃だった。緊張でごくりと唾を嚥下《えんか》し、門下侍中が娘をよく見ようと首を伸ばす。

貴妃は鬱金《うこん》草で強い香りをつけた酒を床に撒《ま》いた。こうして地に撒いて香りを昇らせることで、儀式の開始を天の最も高いところ――九重《きゅうちょう》の天に知らせる。

やがて内務府の学芸官によって笛が鳴らされ、琴がそれに続く。

帳の後ろから次々と残る妃嬪達が登場し、祭壇の華やかさが更に増す。

楽器の音色が一段と大きくなると、龍神の降臨を願う妃嬪達による迎神の舞が始まった。

妃嬪達が纏う白い揃《そろ》いの装束は襞《ひだ》が多く、動きに合わせて空気を含んで柔らかく靡《なび》き、衣の動きを見ているだけで夢見心地にさせる。それぞれが手に持つ絹製の花飾りや枝、扇子が一糸乱れずにひらひらと動き、目にも楽しい。

とりわけ最前列の貴妃や安修媛《あんしゅうえん》の舞は美しかった。だが柏尚書の目には、月花《げっか》が一番目立つように思えた。

伏せ気味の瞼《まぶた》から、淡い瞳が見えている。

(目を伏せているのが、勿体《もったい》ない。誰より綺麗《きれい》な瞳なのに)

柏尚書は祭壇の下から、吸い込まれるように見上げた。美しい衣装を纏い黄金の冠を被る月花は、淑《しと》やかに舞っていた。しっとりと披帛《ひはく》をはためかせる彼女が、本来どれほど豪快で大胆な性格をしていることか。

(本当に、君には次々と心底驚かされる)

ふと、素晴らしい門の後ろに隠された小さな家が脳裏に蘇《よみがえ》り、思わず苦笑してしまう。

蔡《さい》家宅は噂《うわさ》に聞いていた以上に、慎《つつ》ましく小さかった。はっきり言えば、ボロかった。

あのボロ屋を初めてこの目で見た、当時の心境が蘇る。

こんなに金に困っているのなら、蔡家は喜んで縁談に食いついてくるだろう。そう高を括《くく》っていたのだが、予想は見事に覆された。蔡家は柏家との縁談を断ってきたのだ。

(あれは正直言って、かなりの衝撃だった)

苦々しい思いがこみ上げる。

更に屈辱の上塗りだったのは、秀女選抜で月花が提出した作品だ。皇帝は柏尚書を呼びつけると、屈辱に歯を食いしばりながらそれを読む彼を見て、笑いをこらえていた。

顔に泥を塗られたが、同時に妙に納得する自分もいた。目を輝かせて三銭を拾った令嬢なら、こんな大それたことも、やってしまうのだろう。

そもそも月花が後宮の住人としてふさわしいとは、到底思えない。見合いの帰りに蔡家まで送った時に、彼女は言った。「古いし狭くて、小屋も同然ですけど住み心地は世界一」と。天真爛漫《てんしんらんまん》に笑いながら。

後宮に不透明な金銭の流れや、闇深い人間関係があることには、中に入れない柏尚書も気がついていた。絢爛《けんらん》さに身を隠し、皇帝の前では貞淑な仮面を被った悪意が、陰で蠢《うごめ》いているのだ。

「陛下は妃嬪として、蔡月花を後宮に望まれるおつもりですか？」

念のため尋ねてみると、皇帝は軽やかに笑った。

「まさか。こんな作品を出す娘など、伽《とぎ》の最中も余に説教をしかねん」

不謹慎にも、柏尚書は爆笑してしまった。

では、月花はまた何事もなかったかのように、織物店に戻るのだろう。いや、それはそれで小憎らしいようで、勿体ない気がする。

もし月花が後宮に身を置いたならば、あの金色の瞳には何が映るのだろう。

（きっと、闇に光が当たる。そして彼女は、黙っていない）

そう確信した。だから皇帝に月花を雇うよう、提案したのだ。

それでも使い物にならないようなら、縁がなかったということだ。──そう考えて、厳しい戸部《こぶ》尚書に徹するつもりだったのだが、月花は想像以上に危なっかしかった。そのうちへまをやらかすか、妃嬪に手酷《ひど》く仕返しされるのではないかと心配で、結局監視するどころか、色々と首を突っ込む羽目になった。挙句に、自分のせいで放置させている蔡織物店の経営まで気になり、しまいには買い支えるお得意様になっている。

監視はいつの間にか、月花と会う口実と化していた。もっと見たい。いっそ手元に置く方が、安心できるだろうに、と。

学芸官の演奏する楽器が一つの音色を奏で、太鼓が拍子を刻み、音の上に乗るように妃嬪達が舞う。

最後列にて今は澄ました顔で舞う月花だったが、柏尚書は別の表情も知っている。かつて頬を染めて恥ずかしそうに虎の模様の筆を取り返そうとした時のことを、思い出す。

金の瞳は、虎の瞳。何気なく賛辞した一言だったが、筆を拾ったあの時、月花が見せた表情の動きに、柏尚書は心を射貫《いぬ》かれた。柏尚書の小さな一言に心を留《とど》め、彼女なりの喜びを見出《みいだ》していたとは。なんて可愛《かわい》らしい一面を隠していたのか、と。

だが月花が活躍するにつれ、なぜか物足りなさが募った。

戸部尚書と主計官という関係の、なんとつまらないことか。

月花が自分に見せてくれるのは、困ったような笑いか、愛想笑いのどちらかだ。心からの笑顔が見たかった。

だから見合いの場だった食堂の窓の外に立ち、鼻をくんくん動かす月花の父に再会した時は素直に嬉《うれ》しかった。

「やはり縁がありますなぁ」と舞い上がる蔡家の当主を、財布をちらつかせながら思わず食事に誘ってしまったのは、姑息《こそく》にも月花を外堀から埋めてしまおうとしたからではないのか。

貴妃達は中央へと位置を変え、月花は手にした羽根つきの扇子を器用に動かしてゆっくりと扇《あお》ぐ。主役は中央にいる舞の上手な妃嬪達なのだが、柏尚書は月花だけを目で追ってしまう。ふと目が合った気がして、心躍る。

（そういえば屋台で占ってもらったあの夜も、可愛かった）

月花が困った様子で珍しく縋《すが》るように上目遣いで見上げてきたものだから、つい庇護《ひご》欲を掻《か》き立てられた。――百銭に抵抗を見せる姿も、彼女らしい。回した腕で彼女を引き寄せてしまわなかった自分を、褒めてやりたい。

インチキ臭い護符だろうと、ぼったくられる間抜けだと月花に思われようと、彼女と関われるなら、良《い》いではないか。

護符を拒絶していた割に、もらうと大事そうに胸に抱える様子もまた、格別だった。

太鼓が地鳴りのように響き、舞台を見守る王公百官達の熱気を受けて舞と音楽が最高潮に達する中。皇帝が象牙の祭器に湛《たた》えた酒を龍神に捧げるべく、五穀の貢ぎ物の前に置く。百官達が一斉に、叩頭《こうとう》をする。

今なら、もし皇帝が月花に「伽をさせたら」などとたとえようものなら、腹が立って仕方がないだろう。柏尚書は床板に額を近づけながら、そう思った。

もっとも月花の持つ愛すべき他の表情の数々を、皇帝が知る必要はない。

太鼓が一層激しく打ち鳴らされ、まるで熱気に呼応するように外の雪が止《や》む。

全ての楽器の音色がぴたりと止み、それに合わせて舞も終わる。妃嬪達は揃って優雅に、膝を折ってお辞儀をした。彼女達の顔がゆっくりと上げられた時。誰もが自信に満ち溢《あふ》れ、やり遂げた達成感でいっぱいの表情だった。こみ上げるものがあるのか、目を潤ませる妃嬪もいた。

最後に皇帝が貢ぎ物の目録を捧げると祭壇を降り、後には静けさが残った。やがて誰かが呟《つぶや》いた。

「これぞまさしく、祭天の儀だ」

堰《せき》を切ったように、皆が口々に大雅《たいが》国を寿《ことほ》ぐ。誰もが、笑顔だった。

第六章　黒猫金庫番は、今日も後宮にいる

冬至の日から五日後。

私は小さな橋の架かる、柳の枝が揺れる河川敷にいた。

人通りは疎《まば》らで、靡く枝葉が侘《わび》しさを誘う。

（あの舞のために、どれほど練習が必要だったかが、今なら分かる。それなのに舞台から間もなく、楊《よう》皇后はこんな寂しいところで生涯を終えたのね）

栄華を極めた楊皇后の命日に、かつての処刑場にいたのは柏尚書《はくしょうしょ》だけだった。橋のたもとで彼は、膝をついて何やら布包みから取り出し、地面に並べている。

後ろからそっと近づくと、まだ湯気が立ち昇る美味《おい》しそうな芝麻球《ごまだんご》が目に入った。その傍らには、冥幣《めいへい》を積み上げた盆が置かれている。死後の世界で楊皇后がお金に困ることのないよう、柏尚書が準備したのだろう。

供物として冥幣を焚《た》き上げるために、持参した小さな灯籠から柏尚書が冥幣に火をつける。朱色の冥幣にゆっくりと火が広がり、端から捲《めく》れ上がるように燃えていく。

「柏衛将軍が亡くなってからは、柏尚書が毎年いらしていたんですね。これも一緒にお供えしていいですか？」

後ろから声をかけると余程驚いたのか、柏尚書はびくりと顔を上げて目を剝《む》いて振り返った。

「どうして、ここに……？」

盆に載った菓子の山を、芝麻球の隣に置く。

「だって、三十二年間も芝麻球ばかり贈ったら、楊皇后も飽きちゃいますよ」

芝麻球以外の楊皇后の好物が分からなかったので、揚げ菓子から餅菓子、干菓子まで色々な種類を持ってきた。

私が隣に膝をつくと、柏尚書は菓子の山に焦点を当てたまま呟いた。

「こんなに、たくさん。楊皇后に厳しかった君が、なぜ？」

「もう一人くらい、彼女を弔う者がいても良いはずですから。柏尚書は十年間も、ご立派です」

「お得意の、醬油《しょうゆ》のコゲ菓子は？」

「持ってきませんよ！　流石《さすが》に。楊皇后に叱られちゃいます」

見合いの席で話した子どもの頃の手作り菓子の話を思い出し、声を立てて笑ってしまう。

すると柏尚書は一瞬目を見張ってから滲《にじ》むように笑った。

「やっと、屈託のない笑顔を見せてくれたね。実を言うと、君は内務府に来て以来、ずっとよそよそしくてもどかしかったんだ」

「よそよそしいだなんて。いやもうそれ、お互い様ですし」

お互いに思い当たるところがあったのか、二人で笑ってしまう。

「でも私は柏尚書がいてくださって、ありがたかったですよ。残念ながら目標の数値は達成できそうにないので、この先もご助力願います」

柏尚書は少し嬉しげに頰を緩め、冥幣からゆらゆらと立ち昇る煙を見つめた。

「いつも一人だったから、こうして二人で弔えるのは心強い。……誰かと弔える日が来るなんて、思いもしなかったよ」

言い終えるなり、膝の上の私の手の上に柏尚書の手が重ねられる。この手は、一体。

「は、柏尚書……？」

心臓が早鐘を打ち始め、自分の顔が熱くなっていくのが分かる。

「来年も再来年も、楊皇后の供養を手伝ってくれないか？」

「ええ。いいですけど」

あっさり肯定すると柏尚書はしばし沈黙し、顎先に手を当て、首を傾《かし》げて考えこんでから口を開いた。

「もし、もし私が来年は他の女性とここに来ると言ったら、どう思う？」

「えっ」

意外にも、想像してみると少し不愉快だった。言葉にしかねていると、柏尚書は続けた。

「そうだな――、例えばもし私がまたお見合いに出かけるとしたら、どう思う？」

食堂で柏尚書と深窓の令嬢が食事をする光景を思い浮かべる。その光景はやはり、決して愉快ではない。

「ちょっと……ううんと、複雑というか。結構嫌な気持ちになります」

すると柏尚書はこれ以上はないという、輝く笑みを見せた。重ねられた手が熱くて、胸があまりにどきどきしてしまう。これ以上は耐えられそうにないので、手を引き抜いてしまいたい――。そう思うのに、やっぱり私の手は動いてくれない。

「き、今日、この後愛琳《あいりん》が出張所に来るので、後宮に戻らないといけないんです」

「それなら、夜にまた会おう。今夜の夕餉《ゆうげ》に蔡《さい》家に誘われているから」

(なんですって!?　お父様ったら、私に黙ってコソコソと)

急に気がついた。

柏尚書から逃げるために秀女選抜に参加したけれど、結局金庫番を退職したら父との間で、縁談がまた進められてしまうのではないだろうか。

この状況をなんて言うのだろう。八方塞《ふさ》がり、か。


近頃、出張所は妃嬪《ひひん》達の溜《た》まり場になりかけている。

勝手に持ち込まれた火桶《ひおけ》や椅子が増え、誰が持参したのか机上には菓子類が所狭しと並べられている。

「祭天の儀は素晴らしかったわ。舞うことで、天にも昇る気持ちになれたの。あんなに爽やかで元気な気持ちになれたのは、久しぶり」

「そうね。次は、皇帝陛下の西部州視察が控えているでしょう。あれに同行したいわ」

期待に満ちた三十ほどの目が、一斉に私に向けられる。

「残念ですが、却下です。お金がかかり過ぎます」

「何よぉ！　それをどうにかするのが、黒猫金庫番の仕事でしょう！」

「荷馬車に野宿の西部視察なら、予算がつけられなくもないですが」

「ドケチ金庫番！」

一転して一斉に妃嬪達が不平不満を言うのを聞き流し、目の前の桃饅頭《まんじゅう》に齧《かぶ》りつく。どの宮の女官が作ったのかわからないが、相変わらず美味しい。ふと思いついた。

「今度、宮対抗のお菓子選手権を開催しましょうか。陛下にも採点していただいて」

「あら面白い。優勝した場合、陛下の夜伽《よとぎ》が景品なら私も参加するわ！」

愛琳が爆弾発言をするが、意外にも妃嬪達はきらんと目を光らせて私の回答を待っている。よほど魅力的な景品らしい。

思わず皇帝の晩餐《ばんさん》の盆の上に、全て「安修媛《あんしゅうえん》」と書かれた名札がずらりと並んでいる光景を想像し、笑ってしまう。

「皆様のやる気が一番盛り上がりそうですが、私の権限が及びません。優勝者の菓子は、都の老舗菓子店の松苑《しょうえん》で売ってもらう、と言うのはいかがでしょう。後宮一の菓子と銘打てば、高く売れそうです。利益の一部は貧者に寄付をして」

「流石、商売人ね！　面白そう」

どんな菓子がいいかで妃嬪達が盛り上がり始めると、ふと出張所の入り口に人影が映る。

（誰かしら？　入ってこないのかな）

気になって席を立ち、表に出てみるとそこにいたのは香麗《こうれい》だった。声をかけると彼女は気まずそうに背を向け、去り際に言った。

「その選手権、やるなら永秀宮《えいしゅうきゅう》にもちゃんと声をかけなさいよね！」

呆気《あっけ》に取《と》られた後で、両手で口元を押さえて笑ってしまった。

お手製の紙の看板は、いつの間にか撤去されていた。代わりに木製の立派な看板が取り付けられており、臨時でここに窓口を作ったはずが、常設の雰囲気を醸し出してしまっている。真新しい木で作られた看板を前に、ふと蔡織物店の年季が入って角が取れた看板を思い出す。

近頃は近所の強敵・華《か》商店が破格の上質な織物を仕入れなくなったからか、蔡織物店に客足が戻ってきているらしい。お陰で売り上げは順調に再浮上しているらしく、弟は家でも連日上機嫌だ。頼りないと思っていた弟だったが、いざ任せてみれば代理とはいえ意外と店長として務まっていた。それはそれで姉の私としては寂しいような、いややっぱり安心なような――。

しばし入り口に佇《たたず》んでいると、世婦《せいふ》の一人が私を呼ぶ声が中から響く。

「席に戻ってよ黒猫金庫番！　ねぇ、私の月餅も食べてみて！」

顔を上げると、妃嬪達が私を見つめながら、「早く、早く」と口々に急《せ》かしてくる。

居場所を作ったつもりはないが、気がつけば後宮の中に居るべき席ができてしまっている。

頭の中が、美味しそうな月餅でいっぱいになっていく。

うん。――もう少し、ここにいても良いかもしれない。


内務府を出て、夕暮れの皇城の中を歩いて帰路に就く。

（あ～あ、一日の疲労も吹っ飛ぶ売り上げ鳴らしができなくなって、もうすぐ一年か）

いつになったら、織物店に戻れるだろう。

玉砂利を踏み締めながら殿舎を曲がったその時。

突然目の前が暗くなり、視界が塞がれた。

「誰か当てられたら、十銭やろう」

すぐ背後から聞こえてくるのは、笑いを含んだ声。

背後から伸ばされた両手で目を覆われた私は、立ち止まったままの姿勢で呆《あき》れた。

「こんな子どもじみた真似《まね》をなさるなんて、ちょっと引いちゃいます。柏尚書」

手が両目から離され、視界が蘇《よみがえ》る。振り返ると楽しげに目を躍らせる柏尚書がいた。

「残念。十銭取られたな」

「あれっ、二十銭と仰《おっしゃ》いませんでした？」

「なぜ倍に？　都合のいい耳だな」

二人で声を立てて笑っていると、唐突に後ろから声がした。

「そなた達、いつの間にそういう関係に？」

柏尚書の背後からヒョイと顔を出したのは、皇帝だった。隣に総管を引き連れているが、皇帝と目を合わせて私達を興味深げに目を爛々《らんらん》と輝かせて覗《のぞ》き込んでくる視線が、とてつもなく痛い。

「そういう関係も何も。大した関係には、なっておりません」

答えながらも慌てて膝をつくが、皇帝がすぐに立つよう私達に笏《しゃく》を振る。

立ち上がると、柏尚書が口を開く。

「白状致しますと蔡家の令嬢は、本当は私の妻になる予定だったのです。私の力不足で、捕まえ損ねてしまいまして」

(それを今陛下に言っちゃう!? ちょっと大袈裟《おおげさ》な言い回しだし)

予想もしない突然の暴露に、目を泳がせてしまう。同じく目が泳いでいる総管と、目が合う。

皇帝はわずかの沈黙の後、噴き出した。

「そうであったか。こちらも色々見えてきたな。秀女選抜で余を罵倒したあの作品は、柏尚書と余の双方を蹴るためであったとは」

「ち、違います！　ば、罵倒など滅相もない」

　皇帝に見抜かれて焦って反論しようとするも、ご明察過ぎてこれ以上弁解が出てこない。

　皇帝はうんうんと何度も頷《うなず》いた。

「柏尚書。だから宮廷費を半額、などと無体な職務を命じたのだな。そなたも策士だな。

――よし、蔡主計官。目標達成前に辞職する場合、帰る家は柏家になるとの覚悟で、この先も仕えよ」

　その勝ち目のない戦は、なんなのか。

「畏れながら陛下。柏家と蔡家では、少々家格が折り合わないのです」

　声を震わせ皇帝を見上げるが、柏尚書は隣で小さく笑って言った。

「陛下。お力添えに感謝いたします。蔡家の方々とは、最近非常に懇意にさせていただいており、とても良好な関係を築いております」

「なんと。では最早《もはや》、蔡家のご令嬢は捕まえたも同然ではないか」

　皇帝と柏尚書は、豪快に笑った。

（私は、断じて捕まってないわ。こんなはずじゃないのに）

「つ、捕まったつもりはありません」

　小声で柏尚書に反論すると、耳聡《ざと》く聞きつけた皇帝が口を挟む。

「案外そう思っているのは、そなただけかもしれぬな」

私が絶句する横で、柏尚書は実に楽しそうにしている。総管の酷《ひど》く同情的な視線が、気になって仕方ない。皇帝は誤解に満ちた、意味不明に眩《まぶ》しげな眼差《まなざ》しを私達に送った。

「引き止めて悪かったな。さぁ、門が閉まる前に行くがいい」

皇帝に別れを告げ、歩き出す。

皇城を出て家に早く帰ろうと結構な速度で歩いていると、少し遅れてついてくる柏尚書が「随分と早足なんだな」と言う。

「家に尾黒《おぐろ》がいると、急いで帰りたくなるんです。可愛《かわい》いんですよ、帰ると嬉《うれ》しそうに私にまとわりついてきて。こんなに猫好きになるとは、自分でも予想外です」

「なるほど。その気持ちは分かるかもしれない。私も特に猫に興味はなかったんだが、今では黒猫のことばかり考えていてね」

「柏尚書が黒い猫をお好きだとは、知りませんでした」

意外な発言に驚いていると、彼は何か言いかけてから、無言で私の隣に並んだ。不思議なことに、私と同じ方向に歩いている。なぜついてくるのだろう。

「ところで、柏尚書のご自宅はこちらではないのでは。今夜はどこかに行かれるので？」

「実は今夜も蔡家当主に晩餐に招待されているんだ」

「ま、またうちの父が柏尚書を!?　どんだけ父と仲良しなんですか！」

柏尚書は物言いたげな眼差しで私を見下ろすと、呟《つぶや》いた。

「……君は銭の流れには敏感だが、こういうことにはなかなかに疎いな」

「はい？」と聞き返そうとして、言わんとすることがやっと分かる。柏尚書の言う黒猫が誰のことなのか。彼は誰に会いに、蔡家に足繁《あししげ》く通っているのか。

気がついた途端、火がついたように私の顔が熱くなる。

そっと右手の指を絡め取られ、慌てて引っ込める前に柏尚書に手を繋《つな》がれる。困惑しつつ、柏尚書に抗議する。

「ちょ、……ど、どうして」

「嫌なら振り払ってくれ」

嫌か――どうか。正面切って尋ねられると、自分でも首を傾《かし》げてしまう。繋がれた手が温かくて、気持ちがいい。

何より状況を整理せねばと冷静に思考しようとする前に、頭の中がふわふわと舞い上がって理性が押し流されていく。

熱くなる頬を鎮めようと、冬の空気に晒《さら》されて冷たくなっている左掌《てのひら》を頬に押し当てる。すると柏尚書が私の右手を更に強く握った。

「その仕草、たまらないな……。このまま黒猫を抱き上げて、家に連れ帰ってしまおうか」

ご冗談を、と言おうとした私の言葉は、形になる前に短い悲鳴に変わった。一瞬私から手を離した柏尚書は、素早く屈《かが》むと私を本当に抱き上げたのだ。文官だと思って油断した。大将軍の孫なりに鍛えているのか、軽々と私を持ち上げる腕は、私がじたばたしてもびくともしない。

身長差から思わぬ高さに持ち上げられて、つい柏尚書にしがみついてしまう。

「誘拐反対！」

ははは、と柏尚書が笑う。その屈託がない笑顔に、一瞬惹《ひ》き込まれてしまう。輝く黒い瞳はあまりに嬉しそうで、ついこちらまで楽しい気分になりかける。

笑いを収めて視線を交わすと、彼は言った。

「私の黒猫は、本当に可愛い」

ドキンと心臓が跳ねる。

(私も今あなたを可愛いと思ってしまったということは、しばらくは内緒にしておこう)

私を抱き上げるのは最早、戸部《こぶ》尚書でも英雄の孫でもなかった。

「黒猫はまだ誰のものにもなっていません。……偉光《いこう》さん」

名前を初めて呼んだことに満足してもらえたのか、柏尚書は笑いながらもようやく私を下ろしてくれた。

夕焼け色に染まる空気の中を、二人で歩く。通りをぼんやりと照らす灯籠の明かりが、目にも温かい。

私の心に灯《とも》り始めた柔らかくも熱いこの火を、何と呼ぶべきなのかはもう分かり始めていた。

でも今はまだ、気がつかないふりをしようと思う。

やらなければならない仕事は、まだまだ山積しているのだから。

そう思いつつも、私は再び繋がれた手をそっと握り返した。

あとがき

こんにちは。あるいは初めまして。

本書をお手に取ってくださり、ありがとうございます。

中華風世界を舞台とした、数字に強い令嬢のお仕事系物語をお届けしました。名ばかり名家の一人娘である月花《げっか》が、帳簿を片手に後宮の悪に斬り込んでいきました。

実を言えば執筆に入る前は、もっとゴリゴリなファンタジーを書こうと思っておりました。ところが途中で紆余曲折《うよきょくせつ》がありまして、気づけば面白いことにある意味超現実的な「お金大好き」という守銭奴がヒロインのお話へと変貌を遂げたのです。あとがき執筆にあたり、「あれ？　ファンタジー消えたな。どこいったかな」とつい探してしまいました。

執筆開始前のファンタジーな要素は、終盤にちょろっと登場する「龍神」という単語に、うっすらと名残を感じられるかもしれません。

月花が活躍する舞台は後宮がメインになりますが、後宮小説の特徴と言えば、とにかく女性がたくさん登場することかなと思います。彼女達の表情や性格を想像しながら物語を進めるのは、わくわくする作業でした。たしか以前も別の作品のあとがきで書かせていただいたのですが、色々なタイプの女性を描くのは、同性として実は楽しいものだったりします。登場する女性達のうち数人は、実際に私の周りにモデルがいました。皆様の周りにも「あ、あの人に似てる！」と連想していただけるような登場人物が本書におりましたでしょうか。

ちなみに作中、お菓子が何度か出てくるのですが、私のお気に入りは麻花《マーホア》です。ねじったかりんとうのようなものなのですが、立体的で固さがあり、大きいので一つでも満足感が得られるお菓子です。綱のような形をしていて見ごたえもあるので、常に自宅の棚にストックしてあります。すぐになくなってしまい、その速さに驚くのですが、間違いなく食べているのは私です。

個人的にはお茶とお菓子と書籍は、寛《くつろ》ぎ時間に欠かせないアイテムだと思っています。美味《おい》しい烏龍茶《ウーロン》を淹《い》れて、中華菓子をつまみながらもう一度月花のお話を読んでいただけるようでしたら、作者としては大変幸せです。

それでは最後にこの場をお借りして、謝辞を。

まずはいつもお世話になっている編集担当様に。

本書は私の出版作としては九冊目になります。今さらですが、五年ほど前に人生で初めて出版のお声がけをいただいたのですが、丁度その頃は小説を書くことをやめていた時期でした。もう一度執筆に戻ってその楽しさに気づき、創作意欲を現在まで保ってこられましたのは、出版の打診をくださった編集担当様のお陰です。こうしてまた今回、書き下ろしの機会をくださり、感謝に堪えません。

それからお忙しい中、イラストを引き受けてくださった櫻木《さくらぎ》けい様。美麗で繊細な女の子を描かれる先生の表紙を、指折り楽しみにしておりました。

またネット上でご感想をくださったり、お手紙を通して応援をくださる読者様。新しいことを始め、前に進む力をいつも皆様から頂戴しております。

そして何よりこうして、本書をお手に取ってくださった方々。

皆様にお礼申し上げます。ありがとうございました。

月花の歩んだ道を通して、少しでも皆様のお心を動かすことができましたなら、作者としてこの上ない喜びです。

願わくば、またどこかで皆様にお会いできますように。

岡達《おかだち》 英茉《えま》

富士見Ｌ文庫

後宮《こうきゅう》の黒猫《くろねこ》金庫《きんこ》番《ばん》

岡《おか》達《だち》英《え》茉《ま》

2022年10月15日　初版発行
2022年11月10日　再版発行

発行者　青柳昌行
発　行　株式会社 KADOKAWA
〒102-8177　東京都千代田区富士見2-13-3
電話　0570-002-301（ナビダイヤル）

印刷所　株式会社 KADOKAWA
製本所　株式会社 KADOKAWA
装丁者　西村弘美

定価はカバーに表示してあります。　◆◇◇

●お問い合わせ
https://www.kadokawa.co.jp/（「お問い合わせ」へお進みください）
※内容によっては、お答えできない場合があります。
※サポートは日本国内のみとさせていただきます。
※Japanese text only

ISBN 978-4-04-074713-2 C0193